楽園のアダム

周木律

KODANSHA

装画　みっちぇ
装幀　杉田優美(G×complex)

楽園のアダム

Prologue A.D.2999

ブーツ越しに伝わる、腐葉土が潰《つぶ》れるような嫌な感触。

その瞬間、ヤブサトの背筋をゾッと震えが立ち上る。

足が竦《すく》み、同時に彼は驚いた――まさか俺は今、無意識のうちに怯《おび》えたのか、と。

いや、そんなはずはない。即座にヤブサトは否定した。思い出せ。ここを訪れるために、俺がどれだけの時間を掛け、どれだけの準備を重ねたか。この日を誰よりも待ち望んだのは俺だ。その俺が怯《ひる》むなんてことはあり得ない。あってはならないのだ。

ヤブサトはおのれに強く言い聞かせながら、前を向いた。

――南半球は、今は夏。

だが、この極地は永遠の氷に閉ざされている。

星が見えそうなほどの深い青に浸《ひた》る天空で、すべてが透きとおり、幾本かの細い雲だけが爪痕《つめあと》のような筋を刻んでいる。行く手を遮《さえぎ》るのはそそり立つ氷壁と、数多《あまた》の岩石が無造作に転がる、一面の雪原だ。不気味なクレバスも、ほくそ笑むように牙を剥《む》いている。

これは、言わばモノクロームに支配された死の世界だ。

嘆息が、名残惜《なごりお》しげな靄《もや》となって顔に纏《まつ》わり、やがては冷気に掻《か》き消《け》され――。

「……わッ！」

不意に強烈な空気の塊《かたまり》が頬《ほお》を叩《たた》き、ヤブサトは思わず目を細めた。

凍《こお》り付《つ》いた睫毛《まつげ》が肌に刺さる。空間を切り裂く怜悧《れいり》な音に、ヤブサトはよろけながら思い知らされた。この大地をあまねく走り回る風は、故郷の島が持つ優しいそれとは異なり、命を脅かすほどに苛烈《かれつ》なのだと。

再度、恐怖が心を蝕《むしば》み、がたがたと身体《からだ》が震え出す。

「大丈夫だ、こんなもの……武者震いだ！」

わざと大きな声を出すと、ヤブサトは革製の外套《がいとう》の襟をしっかりと立て、冷気から自らを守りながら、自分よりもはるかに身体の大きな狩猟を生業とする人々を従え、氷壁に向かって大股で歩を進めていった。

＊

この桁外《けたはず》れの寒さに閉じ込められた大地は、「南極」という名で呼ばれている。

あまりにも過酷な環境でにわかには信じがたいことだが、かつて人々が駐屯、あるいは永住することもあったらしい。もちろん、それは世界にもっと人間がいた「大災厄」以前の話だ。

大災厄――それは六百年前、人類に襲い掛かった疫病《えきびょう》と混乱の総称だ。これにより世界の大半は不浄なものとなり、人類は一パーセント未満まで減少してしまった。しかし人類は、この絶体絶命の状態から、機械《カーネ》の力を借りることによって、復興を成し遂げた。今では、人類は「生業《なりわい》」に沿った集団を形成し、それらの互恵関係を土台にして恒久の平和を享受《きょうじゅ》している——これが、ヤブサトがまだ学生のころに習った、人類の黎明《れいめい》期における歴史である。

大災厄でも南極は不浄を免《まぬが》れた。だが、厳しすぎる環境がゆえに、現在では人類が定住せず、必要のない土地とされている。もっとも、このことがむしろ、知の探究を生業とする珊瑚《さんご》礁《しょう》の島の住人であるヤブサトの好奇心を強くそそっていた。なぜなら、長らく無視されてきた土地にこそ、秘宝が眠っているに違いないからだ。

ヤブサトは、シュイム学長の同意と許可を取り付けると、航海や狩猟を生業とする人々と秘密裡に交渉し、今、ようやく念願だった南極調査の一歩を踏み出すことができたのだった。

ヤブサトの目的は、ただひとつ。

南極に生息する生き物の捕獲だ。

地球上の生命の探求と探索は、ヤブサトたち珊瑚礁の島の人々の長年の研究により大きく進歩していた。だが、地球には依然として、未知の生物が多く存在している。特に南極は、地理的にも気候的にも隔絶《かくぜつ》されている。遠い昔からひっそりと形作られてきた生物相が、この場所には見られるかもしれないのだ。

それらを発見し、現生人類へと繋《つな》がる地球生命史を構築すること——これこそが、ヤブサトが生涯を捧《ささ》げてでも究めたい研究テーマであったのだ。

だから、恐ろしく冷える氷の大地を、滑落の危険が絶えない雪の斜面を、そして暴風に曝《さら》されやすりのようになった氷壁を、数日にわたり探り歩いた挙句、薄暗い洞窟《どうくつ》のようなクレバスの奥から、そいつがヌッと姿を現したとき、ヤブサトは思わず、反射的に大声を上げていた。

「いたぞ！　あそこだ！」

彼の声に反応した獣は、すぐさまヤブサトたちとは反対方向に逃げ出した。

「追え！」

ヤブサトの指示とともに、大型動物の狩猟に長《た》けた従者たちは、速やかにその役目を果たすべく動き出した。

だが、実のところ、その獣を追いかけながら、ヤブサトは少し困惑していた。

一瞬垣間見《かいまみ》たその生物の姿形が、ヤブサトが想像していたものとは大きく掛け離れていたからだ。

まず彼の目に映ったのは、汚れた茶色の体毛に覆《おお》われた巨大な体軀《たいく》だった。

それから醜怪《しゅうかい》な頭部、そして唇《くちびる》から剝《む》き出《だ》された鋭く尖《とが》る歯を認めると、次の瞬間、獣の目がヤブサトをぎろりと睨《にら》んだ。

思わず、一歩たじろいでしまった。すさまじい威圧感とともに、形容しがたい何かが、その眼光に含まれていた気がしたからだ。

ヤブサトは本能的に、葛藤《かっとう》を覚えた。

もしかしてこれは、禁忌《タブー》なのではないか？

いつか誰かが戒《いまし》めていた。世界には禁忌と呼ばれるものが存在する。もしそれに出くわしたとしても、決して触れてはならない、と。

誰がいつ、どんな文脈で発した言葉かはもう覚えていない。なぜ今、その戒めを思い出したのかもわからない。だが、その獣の姿を見た瞬間、ヤブサトは確かに戦慄《せんりつ》したのだ。

この未知なる獣は、禁忌に触れるもののような気がする。

だとすれば――はたしてこの獣を、捕らえていいのだろうか？

その瞬間、獣が吠《ほ》えた。

「ウォオオォ！」

犬の遠吠えとも、馬の嘶《いなな》きとも異なる、腹の底に響く畏怖《いふ》の大音声。

ヤブサトは、ハッと我に返ると、躊躇《ためら》いを使命感で上書きした。

一体俺は、何を考えている？　俺の生業は「知の探究」だ！

禁忌が何だ。そもそも南極に来ること自体が禁忌なのだ。今さら何を躊躇うことがあるのか。むしろ、禁忌であればこそ、積極的に研究の対象とするべきではないのか。

それこそが俺の役目であり、使命だ！

「捕まえろ！」

雑念を振り払うと、ヤブサトは従者にそう叫びながら、吠える獣を指差した。

I

「……海辺の潮だまりや、浅瀬の底に目を向けると、何もないように見える岩肌や、砂場にも、実に多様な生態を持つ生き物が存在しているということが、すぐにわかります」

小太りで、愛嬌《あいきょう》のある顔つきのミントン助教授は、ぴょんぴょんと跳ねるような独特の歩き方で壇上を行ったり来たりしながら、楽しそうに講義を続けていた。

「例えばアメフラシ。深さ二メートルほどの海底に生息しているこの生物は、体長十五センチメートルほどの大きさを持つ雌雄《しゆう》同体の生き物で、二本の突起を持つことから『海のウサギ』とも呼ばれています。皆さんも知ってのとおり、外敵から身を守るために紫色の液体を分泌し、煙幕として利用します」

すり鉢状の講義室。円形の天窓から、眩《まぶ》しい日差しが燦々《さんさん》と差し込み、中央にある円形の壇と、そこで講義する生物学のミントン助教授とを照らし出す。

ミントン助教授が教えるのは「海洋生物学概論」――アスムが興味を持つ生物学に関する、基礎的な講義のひとつだ。

ふと周囲を見渡すと、二十人ほどの聴講生が、アスムと同じように、その講義を熱心に聴いていた。聴講生の多くは、十七歳の彼と同年代の者たちだが、中にはもっと若い十歳くらいの少年や、四十歳近い女性もいる。

珊瑚礁の島の六歳以上の人々が所属するこの大学《カレッジ》では、年齢にかかわらず、誰がどの講義を聴いても構わない。まだ若くとも興味があれば先取りして聴講できるし、研究生、助教授クラスのベテランが学び直しをしてもよい。皆、自らの生業とする知の探究に役立つと考える限り、何をしてもよいのだ。

「我々の島の珊瑚礁にも、アオブダイやナポレオンフィッシュのような魚がいます。身近な魚たちですが、どちらも若いころはメス、成熟するとオスになる雌性先熟《しせいせんじゅく》と呼ばれる性質を持ちます。不思議な生態ですが、こうした生殖の形は決して自然界では珍しいものではありません。生物は種族ごとに固有の、極めてバラエティに富んだ生殖形態を持っているのです。もちろん、これは魚類に限った話ではありません。生物全体を見回せば、雄性《ゆうせい》先熟はもちろん、メスがオスを取り込んでしまう種族や、オスとメスにほとんど形質的差異が見られない種族もあります。これはすでに、皆さんがご存じのことですね」

——生殖とは、いや生物とは、かくも多様なものか。

学べば学ぶほど心が躍る。生物学とはなんて面白いんだろう——テキストを開き、ミントン助教授の講義を聴きながら、アスムは感動を覚えた。

それでなくとも、ミントン助教授の講義はわかりやすく、アスムの興味を惹《ひ》きつける。もう四十を過ぎた彼は、なろうと思えば教授になれるにもかかわらず、「後輩を教え育てる」ために、自らの意思で助教授を続けているという。講義を受け持つのは助教授の仕事であり、教授になれば教壇には立てなくなってしまうからだ。

「……話を戻しましょう。特にアオブダイが属するブダイ科の魚は、死んだサンゴに付着した藻類をサンゴごと摂食します。これにより、珊瑚礁の形成を助けていると考えられています。言い換えれば、これらの魚たちとサンゴとは互恵関係にあることになります。珊瑚礁は魚たちに安住の地を提供し、また魚たちはサンゴの再生に関わることで、結果として生態系の平和は成り立つ。かくして珊瑚礁は、まさしく楽園となるのです。こうした互恵関係をひとつのモデルケースとしてみれば、我々の『珊瑚礁の島』とその他の多くの島との関係について、なぜ万能の母《カーネ》がそのように規定したか、その平和的な意図が見えてくるかもしれませんね」

なるほどなぁ。だからこそ僕たちは平和に、それぞれの生業に打ち込むことができるってわけだ。本当によくできている――。

「いつも真面目《まじめ》だね」

深く納得し、ノートにペンを走らせるアスムの脇《わき》を、誰かがそっと突いた。

「わっ」

思わずのけぞるアスムの横から、女の子が悪戯《いたずら》っぽい顔を覗《のぞ》かせた。

「隣いい？」

「もちろん」

どぎまぎしながらも平然を装い、長椅子《ながいす》の端《はし》を譲る。

すとんと小柄《こがら》な身体を落とすように腰掛けた彼女に、アスムは訊《き》いた。

「それよりセーファ、いいのかい？　代数学の講義はまだ途中だろう」

「うん。でも抜けてきたんだ。大体は理解できたから」

にこ、と彼女は——セーファは、唇を左右に引き、目を細めた。

魅力的な笑顔だ。思わず目を惹きつけられる。

背が高く大柄《おおがら》なアスムと比べれば、大人と子供ほどに違う小柄で華奢《きゃしゃ》な彼女は、長く艶《つや》やかな黒髪と、深い海の底のような濃い色の瞳《ひとみ》を持つ、美しい女の子だ。

彼女のことを、アスムはまだカレッジに入る前の、小さいころから知っている。

いつも一緒にいて、お互いのことは何でも理解している。

だからこそアスムは、いつも当たり前のように思っている。僕はセーファを、何があっても守らなければならない。なぜなら僕は、彼女と——。

「どうしたの？　アスム」

「なんでもない」

熱を帯びた頬を隠すように、アスムは顔を背けた。

そんな彼を囃《はや》し立《た》てるように、講義時間の終わりを知らせるチャイムが鳴った。

＊

「そういえば、ヤブサト助教授が調査旅行から帰ってきたらしいね」

夕刻、カレッジから家への帰り道、セーファがふと思い出したように言った。

「そうなんだ。いつ？」

「五日くらい前って聞いたよ」

「へえ、知らなかったなぁ」

ヤブサト助教授は、生物学のエキスパートであり、アスムが信奉する研究者だった。

他の教授や助教授たちが、既存の生物の分類や生態探究といった、どちらかというと保守的な研究に打ち込む中、ヤブサト助教授だけは、新種の生物探索のような新奇性を目指していた。

アスムも同じだった。彼もまた、いつかは生物学において誰も見たことがない新たな発見をしたいと、そう願っていた。

アスムはかつて、ヤブサト助教授にこう問うたことがある。

「先生はなぜ、誰も見たことのない生き物を探しているんですか」

そのとき、セーファと同じくらい小柄なヤブサト助教授は、アスムを見上げながら、こう問い返した。

「君は、太陽を美しいと思うかい？」

「えっ？　……ええ、夕日なんかはとても綺麗《きれい》だと思いますが」

「では、実際に行ってみたいとは？」

「それは……」

アスムは、少し考えてから頭を横に振った。太陽の表面温度は摂氏六千度に達する灼熱《しゃくねつ》の世界だ。とても行ってみたいと思える場所ではない。

そんな彼に、ヤブサト助教授は淀《よど》みない理知的な口調で述べた。

「世界はしばしば擬態の衣を纏《まと》う。見えているものだけで本質は判断できない。太陽もそうだ。見ている分には美しいが、実際は死の世界だ。生物学も同じことさ。まだ見えていない、未知の領域が明らかにならなければ、本質もまた見えてはこないだろう。だから僕は研究するんだよ。世界をあまねく渉猟《しょうりょう》し、その本質を知るためにね」

ヤブサト助教授は悪戯っぽく微笑《ほほえ》み、そのときからアスムは彼の信奉者になったのだった。

そんなヤブサト助教授が、調査旅行に行くと言っていたのが、半年ほど前のこと。

「ヤブサト助教授は、どこに何を捕まえに行ったんだろう……」

「気になる？」

語尾を上げながら、セーファが不意にアスムの左手を握った。

心臓が大きく鼓動する。動揺を隠しながら、アスムは続けた。

「そりゃあ、尊敬する研究者の仕事だもの。何を研究しているのか、一から十まで知っておきたいよ」

「ふうん……」

セーファの眼差《まなざ》しが、心なしか憂《うれ》いを帯びた。

「もしかして、いつかアスムも調査旅行に行ってみたいと思ってる？」

「チャンスがあればね。それが僕の目指すところでもあるから」

「やっぱり、そうなんだね……」

セーファが、不意に歩みを止めた。

「どうしたの？」

「あのね、本当のことを言うと、私……アスムにはこの島を出て行ってほしくないんだ」

「えっ？　どうしたんだ、急に」

「島を出れば、いろいろな危険があるんでしょう？　一度航海に出たら、帰ってこられなくなることもあるって、島の外の人から聞いたよ。だから私は、アスムにずっとこの島にいてほしいと思ってる。危険な目に遭ってほしくないから……」

「………」

アスムには、薄々わかっていた。

セーファが心配する気持ち。それは彼女が生来持つ、女性らしい純粋な優しさからきているものだと。

もちろん、アスムの願いは、そのまま彼の夢へと繋がっている。その夢を叶《かな》えることが、この珊瑚礁の島に生を受けたアスムがその生業をまっとうするために必要なことでもあると、そう考えてもいる。それは、セーファもわかっているはずだ。

だから――。

「大丈夫さ」

セーファの不安を包み込むように、アスムは力強く、彼女のうすい掌《てのひら》を握った。

「行くとしたって、もっとずっと先のことだもの。今はまだ、それより前にやらなきゃいけないことがあるんだ。考えるのはその後だ」

「やらなきゃいけないこと？」

「勉強さ。まずはきちんと知識を積み重ねないとね。もっと体力もつけないといけないし、それに……」

「結婚も？」

「結婚？」

思わず、アスムはつんのめった。

「結婚て、ええと、まだそんな……えっ？」

「ふふ、冗談だよ、冗談！」

セーファは、からかうような口調で言った。

「もしかして本気にした？」

「そりゃあ、まあ……いや、そういうのはびっくりするから、冗談でも勘弁してほしい」

どぎまぎしながら、アスムは誤魔化した。けれどセーファは――。

「ごめんね、アスム。でも、あながち冗談でもないんだよ」

「えっ？」

「さ、帰ろう！」

戸惑うアスムの手を、セーファは楽しげに引っ張った。

なんだろう、この、まるで何もない空にいきなり放り投げられたみたいな気分は——。

アスムは困惑しながら、ただ苦笑いを浮かべるしかなかった。

*

この島は、「珊瑚礁の島」と呼ばれていた。

赤道に近い場所に位置し、島周は二十キロメートルほど。一日あればぐるりと歩いて回ることができる程度の小さな島で、名前の由来となった珊瑚礁が、海辺のあちこちに形成されている。最寄りの島や大陸までいずれも百キロメートル以上離れた絶海の孤島だ。

気候は亜熱帯に属し、冬でも気温が摂氏二十度を下回ることはまずない。時折嵐《あらし》に見舞われることはあるものの、総じて穏《おだ》やかだ。潮の香りはいつも優しく、どの路傍にも、常に何かしらの可憐《かれん》な花が咲いている。エメラルドグリーンの海も印象的で、とても美しい。

島の南側は小高い丘になっていて、いわゆる熱帯雨林が広がっていた。カレッジの敷地《しきち》内にあるこの森は、昆虫と爬虫類《はちゅうるい》と、それらをエサにする鳥類の楽園だ。一方の北側は平地が多く、白い砂浜が広がっている。その合間に、アスムたちが住む家や、カレッジの建物をはじめとした町が建設されていた。

この珊瑚礁の島に住む約五千人の人々。その生業は、「知の探究」であった。

かつて――地球では人類が大都市を中心として栄華を極めていた。しかし、大災厄と呼ばれる出来事によってそれらがすべて崩れ去ると、人類は不浄な大陸を離れ、温暖な島に移住し、そこで島ごとのコミュニティを作り、平和な時代を迎えることとなった。

コミュニティは、そのままそこに住む人々の生業――つまり職業と直結していた。例えば「角《つの》岩《いわ》の島」に住む人々は海産物の養殖を生業とし、「夏草の島」に住む人々は小麦の収穫を生業としていた。他にも、化石燃料の採掘や素材の生産などの基幹産業にかかわるコミュニティや、建築を専門とするコミュニティ、海運などの運搬を担うコミュニティ、カーネの保守管理を司《つかさど》るコミュニティ、中にはそれぞれのコミュニティを訪問し、食料の供給や交易を担ったり、洗濯や清掃を行ったりするような特殊なコミュニティ――彼らは珊瑚礁の島にも常駐し、アスムたちの生活を支えていた――もあった。いずれにせよ皆、それらの生業と紐《ひも》づく生まれ島《ホームタウン》を持っていることに変わりはなく、要するに、人々はホームタウンと結びつく職業的専門性――完全な分業と言い換えられるもの――を持ち、それを「生業」として暮らしていたのである。

こうした「島ごとに生業を持つ仕組み」は、大災厄を経て島に移住した人々が、元々は何の仕事をしていたかに由来しているという。珊瑚礁の島も、元を辿《たど》れば今は不浄の地となった国の大学に勤める人々が避難したことがルーツにあるらしい。

ともあれ、各々が必要な役目をこなすことにより、全体として十分な資源を均等かつ平等に得るためのコミュニティと生業という仕組みによって、現在では、多くの島に離散する人類が、恒久的な平和を享受できるようになっていたのだ。

したがって、「知の探究」を生業とする珊瑚礁の島で生まれ、そのコミュニティの一員となったアスムとセーファもまた、知の探究を使命として生きなければならない。何人《なんびと》たりとも生まれたコミュニティにおける生業を自らの使命として生きなければならないのが、カーネによって規定された、この時代の定めであったのだ。

そして、だからこそ珊瑚礁の島は、その大部分をカレッジが占めていた。

カレッジは、狭義には知の探究をまっとうするための教育、研究施設として作られた、島の中央に置かれた研究室や講義室などの建物群のことであり、広義にはその北側の住居群、そして島の南半分を占める熱帯雨林のすべてを含む施設の総称だ。

珊瑚礁の島の住人は、幼少期を両親の下で育った後、六歳になると「学生」としてカレッジに入学することが定められていた。そして、それを機に親元を離れると、カレッジ北側にある男女別々の単身用の家で一人暮らしをしながら、それぞれの知の探究のスタートを切ることになるのだ。

初等教育の課程は人それぞれで、進み方が速い者もあれば遅い者もある。興味の対象も適性も人それぞれだ。したがって、教育のカリキュラムはそれぞれの個性と自由意思に基づき決定され、それぞれの「学び」が進んでいくことになる。

おおよそ二十代半《なか》ばまでに、多くの者は「学生」から「研究生」へと地位が変わり、受動的に教育を受けるだけでなく、能動的な研究を行うようになる。その中で、十分な研究成果と教育者としての資質が得られれば「助教授」に、さらに指導者としての適性が認められれば「教授」へと地位が変わっていくのだ。

もっとも、この地位は権力的なものではなかった。一定の指導権限や学内自治権限、知り得ることに関する権限や地位に応じた仕事の相違はあったが、決して上下関係を意味するものではなく、したがって処遇にも一切の差はない。「平等」であることを尊ぶカーネが、地位をそういうふうに定義づけたからだ。

ただ、それでも――アスムには誰よりも早く自らの地位を上げたい理由があった。

「……ただいま」

我が家に戻ってきたアスムは、いつものように、無人の部屋に向かって声を掛ける。

勉強部屋を兼ねたリビングがひとつと、寝室がひとつ、後はバス、トイレだけを備えたシンプルな家だ。単身者用の家はすべて、同じ造りをしている。

『おかえりなさい、アスム』

すぐに、柔らかい声色が返ってきた。カーネの声だ。同時に、暗い部屋に明かりが灯《とも》り、エアコンが作動する。

『今日の学業はどうでしたか？　わからない分野はありましたか？』

「大丈夫。今のところ順調だよ」

『ミントン助教授の海洋生物学概論の次に学ぶ分野は、形態分類学Ⅰになります。予習をするならば分類学入門のテキストがお勧めです』

「ありがとう、カーネ」

カーネの助言に従い、アスムは端末機を立ち上げると、分類学入門のテキストを開いた。

——カーネは、どこにでもいる。

正確には、マイクとスピーカーがアクセスポイントとしてあちこちに設置されており、そこからいつでもカーネと会話をし、助言を求めることができるのだ。どこにでもいるカーネは、あらゆる人々と会話し、成長の度合いや健康を見定めながら、その人に応じた行き先を導いている。まさしく、カーネだからこそなせる業だ。

もちろん、導いているのは個人だけではない。人類そのものも、彼女は導いている。

——万能の母《カーネ》が作られたのは、六百年ほど前のことだ。

月に降り立ってから四百年、そのころの人類は、あらゆる機械化が進むとともに言語の統一も図られ、まさしく文明の最盛期に達していた。

一方で、人類には暴力が絶えなかった。権力と思想を巡る闘争が、何百年にも亘《わた》って繰り広げられていた。もしかしたら、数多の犠牲を踏み台にして、その栄華があったのかもしれない。そう思えるほどの激しい争いが、常に人類を苛《さいな》んでいた。

こうした中、突然始まったのが、今では「大災厄」と呼ばれる事象だった。

始まりは、突如として人類に襲い掛かった深刻な伝染病だった。その正体はいまだ不明だが、この流行《はや》り病により、人類は僅《わず》か五年で人口が半減してしまうこととなった。

急激な人口減が引き金となり、すぐに深刻なエネルギー問題と食糧問題が発生した。加えて、制御不能となった発電所の暴走が引き起こした広範囲な不浄により、人類は島嶼部《とうしょ》への移住を余儀なくされた。こうした混乱から、人類は五十年後には人口数百万人にまで減少し、もはや絶滅寸前となっていた。

だが人々は、残された知性を集結すると、最後の望みとして、平等かつ合理的な判断を行うための人工知能を開発した。

それが、カーネであった。

もはや自らで決断することすらできなくなっていた余命僅かな人類は、あらゆる問題の解決を、最後の希望であるカーネに委《ゆだ》ねたのだ。

そしてカーネは、人類の期待に見事に応《こた》えた。

潮汐《ちょうせき》や海流の活用によりエネルギー問題を、土地の開墾と有効利用により食糧問題を解決すると、それらの資源を有効に配分する方法や、効率的な生産活動を行うための仕組み――つまり、島ごとに生業を持つ制度――を構築しながら、カーネは人々を導いていった。その過程は決して容易なものではなかったというが、機械であるカーネの底なしの根気と、カーネの判断を信頼する人々が協力しながら、やがて、立ちはだかる問題をすべて乗り越えたのだった。

かくして「角岩の島」の人々、「夏草の島」の人々、もちろんアスムたち「珊瑚礁の島」の人々その他のあらゆるコミュニティに属する人類は皆、今ではカーネの下で恒久の安定を享受できるようになったのである。

言い換えれば、今の平和は、まさしくカーネがもたらしたものだった。だからこそ人々は、大災厄が終わった今もなお、彼女を絶対の統治者として位置づけ、「万能のカーネ」と呼んで尊敬し、全幅の信頼を置いているのだ。

——ちょっと根を詰めすぎたかな。

自習を中断すると、アスムは、気分転換に洗面所で顔を洗った。

ふと、鏡の中を覗く。

アスムの短髪は色素が薄く、銀色に見える。その頭が、いつの間にか鏡の上端に達している。

無意識に、独《ひと》り言《ごと》を呟いた。

「ねえ、カーネ……僕の背は、まだ伸びるのかな」

カーネは、即答した。

『バースセンターでの遺伝子診断に基づけば、あと二年で五センチほど伸びる予定です』

「じゃあ、百九十センチは超えるのか……」

ハァ——とアスムは小さな溜息《ためいき》を吐《つ》いた。

早世したアスムの父と母は、どちらも背が高かったという。その遺伝子を、自分もしっかりと受け継いでいるらしい。

それはいいとして、問題はセーファの身長が百五十センチくらいしかないことだ。

あまり背の高さに差があると、並んだときにバランスが悪くなるんだよなあ——。

「嫌だなぁ」

『……………』

カーネは、アスムを気遣《きづか》うように、無言だけを返した。

何となく気まずさを覚えたアスムは、「そういえば」と話を変えた。

「ヤブサト助教授が島に戻ってきたって聞いたよ。どこに何の調査に行っていたんだろう。何か知ってる?」

何となくアスムが発した質問に、やはりカーネは即座に答えた。

『あなたにはその質問に関するアクセス権限がありません』

木で鼻を括《くく》ったような、平板な回答だ。

だが仕方がない。アスムはまだ学生だ。カーネは、学生にはヤブサト助教授に関する情報を得る必要性や資格がないと判断しているのだろう。

これが、アスムが研究生を目指す主な理由だった。研究生になればカーネはより多くの「情報」を開示するようになる。尊敬するヤブサト助教授がどんな研究に励んでいるのかも、そのときに明らかになるはずだ。

もっとも、アスムが必死に研究生を目指している理由は、それだけじゃなかった。

研究生になれば、コミュニティが許してくれるようになるのだ——「結婚」を。

珊瑚礁の島における結婚の要件は、原則、夫婦のどちらかが研究生以上であること。これにより結婚が認められ、同居と子孫を残す権利が与えられる。もちろん「子作り」は別にカーネの許可が必要だけれど、少なくとも結婚することによって、夫婦には新しい家族用の家が与えられ、同居が許される。

つまり、今は別々の家に住む彼女とも、アスムが研究生になって結婚することで、一緒に住むことができるのだ。

「……わかったよカーネ。とにかく僕はまず、勉強を頑張る」

『そうしてください。応援していますよ』

カーネが、打って変わったような優しい声色で答えた。

＊

セーファと結婚を約束していたわけではなかった。

彼女はカレッジに入る前からの幼馴染《おさななじみ》だ。それこそ、おむつをしていたころからお互いを知っている。アスムの両親と同じように、セーファの両親も早くに他界しているせいか、二人はいつも一緒にいたし、楽しいことも、悩みごとも、すべて二人で分かち合ってきた――と思う。

結果として、アスムは当然のように、セーファのことが好きになった。

一緒にいたい、結婚したい。そういうふうに願った。

だがセーファはどうだろう？　自惚《うぬぼ》れではなく、僕のことを好きでいてくれているとは思う。よく「結婚」という言葉を口にするし、いずれ自分たちが結ばれることを当然のように感じている節もある。

アスムが「結婚してくれるよね」と問えば、彼女は首を縦に振るに違いない――と思う。でも――。

少しだけ不安だった。アスムとセーファは誰よりも親しかった。親しすぎるがゆえに、逆に改めてお互いの思いをはっきりと打ち明けることもなかったからだ。

どうしよう。もし、セーファが自分の思いとは違っていたら――？

「……どうしたの？　難しい顔して」

隣を歩くセーファが、口角を上げて、アスムを見上げた。

黒く大きな瞳の奥に、アスムの銀色の髪が輝いている。

「ううん、なんでもない」

カレッジの小径《こみち》を並んで歩きながら、アスムは、わざとつっけんどんに顔を背けた。

セーファは数秒、アスムのことをじっと見つめると、「変なの」とむしろ面白そうに言って、ぎゅっとアスムの左腕に自分の腕を絡ませた。

君は将来、僕と結婚するつもりかい？

本当は今すぐにでも、そう訊きたかった。

けれど結局、アスムは何も言えず、優柔不断に男らしさの仮面を被《かぶ》せたまま、左腕をセーファに預けているしかなかった。

「ねえ、ひとつ訊いていい？」

気まずい沈黙を、セーファが破った。

「あ、ああ。何？」

「アスムはなんで、研究生になりたいの？」

「えっ、そりゃあ……」

君と結婚するためだよ——。

「……研究生になれば、知の範囲が広がる。勉強の効率も上がるし、新しい研究にも挑める。フィールドワークに出ることもできる。そもそも、学ぶことが僕らの生業でもある」

「うん。そうだね。確かに」

セーファは、沈んだトーンで答えた。

「どうしたんだよ、そんな浮かない顔して」

「…………」

セーファは、意味ありげな沈黙を挟むと、不意に立ち止まった。

二人はいつの間にか、カレッジの奥にひっそりと建つ旧研究棟の前にいた。

この建物は古く、老朽化が進んでいて、近々取り壊す予定となっている。すでに無人で電気も止められているため、真昼でも薄暗く、学生たちはもちろん、研究生や教授たちもまず立ち入ることはない。今も周囲にはアスムとセーファ以外、誰の姿もない。

ふと、背筋に寒いものを覚えた。

話に夢中になって、いつの間にかアスムたちはこんなカレッジの奥まで歩いてきてしまったらしい。気味が悪いし、早く行こう——。

「ねえ、アスム」

その場を立ち去ろうとするアスムの袖《そで》を、セーファが摑《つか》んだ。

「なんだよ」

「誤解しないで聞いてね。本当は私……勉強も研究もしたくないんだ」

「えっ？」

アスムは一瞬、耳を疑った。

勉強も研究もしたくない、だって？　まさか、そんなの――。

「だめだよ、そんなことを言っちゃあ。だって、僕たちは……」

「わかってる」

窘《たしな》めようとしたアスムの唇に、セーファは人差し指をそっと当てた。

「もちろん、生業はまっとうするつもりだよ。私だって、この島の人間だもの。なんのために生まれてきたのかは知っているし、カーネや、カレッジの人たちが私に期待してくれていることもちゃんと理解している。そのために勉強するし、研究にも力を尽くしていくつもり。でもね……アスムにだけは本当のことを知ってもらいたいの。本音では、私の望んでいることじゃないんだって」

勉強も研究も、彼女の本望ではない。

珊瑚礁の島に生きる人間である彼女の存在意義さえ揺るがしてしまうような唐突な告白――その重さを理解したアスムは、戸惑いながらも「そうか」と頷《うなず》き、わざと長い一拍を置いてから、続けた。

「そんなふうに、君が考えているとは知らなかった。てっきり、君も僕と同じように考えているものだとばかり……ごめん」

「謝ることじゃないよ。別に、アスムが悪いわけじゃないもの」

「でも、少なくとも僕は、君のことをわかっているべきだったよ。だって僕は……」

——君と結婚するつもりなのだから。

「……？」

「……なんでもない。それより」

誤魔化すように、アスムは問うた。

「勉強や研究じゃないとすれば、君が望むことっていうのは何なんだい？」

「それはね……」

セーファは少し俯《うつむ》くと、躊躇いがちに何かを言い掛ける。

だが、その小さな果実のような瑞々《みずみず》しい唇が開いたとき、彼女は一瞬、眉間《みけん》を寄せた。

「……どうした？」

「ねえ、何か……変な臭《にお》いがしない？」

鼻を動かしながら、セーファは怪訝《けげん》そうに、旧研究棟の入口を見つめる。

つられるようにアスムも、その入口から奥に続く廊下を見つめ、嗅覚《きゅうかく》に意識を集中した。

アスムは思わず顔を顰《しか》める。確かに——臭う。

金属臭のような、腐敗臭のような——とにかく嫌な臭いだ。

だけど、どこかで嗅《か》いだことのあるような——。

る。


「何の臭いだろう」

「わからない。何かいるのかしら」

「かもしれないね。森の生き物なら入ってきてもおかしくない」

高い塀で囲われたカレッジの敷地は、その内側に、豊かな生態系を持つ熱帯雨林を含んでいる。

鳥や小動物ももちろん生息しているから、彼らが建物の中まで入ってくることは十分に考えられる。だが――。

「でも……何となくこれは、動物の臭いじゃない気がする」

もっと禍々《まがまが》しく、本能的な厭《いや》らしさを換起するもの――。

「じゃあ、何だろう。ここ、今は誰も使っていないはずだよね……」

怯えたように、セーファがアスムの腕をぎゅっと握り締めた。

その細い肩を守るようにそっと抱き寄せながら、アスムは、一拍を置いて言った。

「臭いは奥からくるみたいだ。確かめよう」

この臭いの元は何なのだろうかという好奇心が、むくむくと頭をもたげてしまった。

「えっ、やめようよ。なんだか怖いよ」

「大丈夫。ちょっと見てみるだけだから」

怖がるセーファの先に立ち、アスムは、旧研究棟の入口をくぐる。

廊下は、想像していた以上に薄暗く、そして荒れていた。両側に扉はあるが、上から板で塞《ふさ》がれていて入ることはできない。壁はひび割れ、床には砂埃《すなぼこり》が積もっている。奥に進むにしたがってその度合いは酷《ひど》くなり、比例するように嫌な臭いも強まっていく。

「セーファ、見てごらん。床の砂埃が廊下に沿ってなくなってるだろう。最近、誰かがここに入ってきたんだ」

「…………」

「やっぱり、この向こうに臭いの正体がある」

アスムの呟きに、セーファは何も言わずただ彼の腕に強くしがみつく。

やがて、数メートル先も見えなくなるほどに暗くなると、廊下はようやく突き当たり、一枚の鉄扉が、行く手を遮った。

この扉は板で塞がれてはいない。ゆっくりと冷たいノブに手を掛けると、それは意外なほど滑《なめ》らかに回った。

「開いてる」

「ねえアスム、やっぱり引き返そう？　なんだか怖いよ」

「今さらやめられないよ。大丈夫。僕がいるから。それともセーファ、君だけ戻って、建物の外で待ってるかい？」

「…………」

セーファは少し考えてから、首を小刻みに左右に振った。

「……入るよ」

左腕にセーファの重さを感じながら、アスムはノブを引き、鉄の扉を開けた。

＊

「うっ……」

いきなり、強烈な臭いが鼻を突いた。刺激が目に染《し》み、思わずアスムは顔を顰める。

直後、真横でセーファが、「きゃっ」と短い悲鳴を上げた。

「どうした？」

「あ、あれ……」

彼女が震える指で示した先にあるものを見て、アスムもまた、ぐっと声にならない呻《うめ》きを漏らす。

その瞬間、アスムは後悔した。

好奇心の先にこんなものを見つけてしまうのなら、セーファの言うとおりに引き返せばよかった。そう心から思った。だが、それを見つけてしまった以上、アスムたちはもう見て見ぬ振りなどできない。

そこにいたのは──血塗《ちまみ》れで仰向けに倒れる男だった。

その身体は少しも動くことがなく、すでに腐り始め、異臭を放っていた。

すなわち、男は絶命していた。

その顔に、アスムは見覚えがあった。彼は――。

「……ヤブサト助教授」

見知った人の、無残な姿。アスムは、顔を伏せると、がたがたと震えるセーファを強く抱き締める。不意に胃からこみ上げてくる苦いものを必死で堪《こら》えながらも、アスムは呟いた。

「なんで、こんなことに……」

震え声の呟きに、物言わぬヤブサト助教授の濁《にご》った瞳は、永遠の沈黙だけを返した。

挫《くじ》けそうになる己を叱咤《しった》すると、アスムは言った。

「……シュイム学長に、報《しら》せないと」

II

浜辺に、静かに波が打ち寄せている。

やや西に傾いた太陽が、熱い白砂の上に、アスムの黒い影をくっきりと形作る。

彼は、踏むたびに小鳥が鳴くような音を立てる砂浜を、早足で通り過ぎる。周囲にはまばらに、海辺を楽しむ島の住人たちがいる。まだカレッジに上がる前の幼子《おさなご》を連れて遊ぶ家族や、ひとりで考え事に耽《ふけ》る者、運動に興じる者もいる。島の北東に位置するこの砂浜は、いつもオープンにされていて、人に迷惑を掛けなければ何をしてもいい。知の探究を進めるためには、気分転換も必要だからだ。

泡立《あわだ》つ波の合間に分け入ると、身体をゆっくりと肩まで沈めた。

柔らかい海水が、筋肉質なアスムの身体を、小さな渦でそっと包む。

「もっとこっちにおいでよ！」

セーファが、空と海の境目で手を挙げた。

「あまり沖まで行くなよ！」

「大丈夫だよ！」

セーファの声とともに、潮の優しい香りに誘惑された。

アスムは、顔を浸けないクロールで、静かにセーファの元に泳いでいく。

水泳が得意なセーファは、顔だけを水面に出し、じっと水平線を見つめていた。

そんなセーファの姿に、アスムはしばし見惚《みと》れた。

ガラスのように透明な水の向こうで、優雅に泳ぐセーファ。陶器細工のように白く滑らかな肌と対照的なエメラルドグリーンの水着が、まだ幼いようでいて、すでに大人の膨《ふく》らみを描く彼女の輪郭《りんかく》をあらわにしている。

美しい——まるで、人魚のようだ。

「どうしたの？」

「なんでもない」

喩《たと》えが陳腐《ちんぷ》すぎた。誤魔化しながらアスムは大きく息を吸うと、わざと乱暴な水しぶきを上げて、水深三メートルの海へと潜《もぐ》っていった。

海底には、あちこちにサンゴが群生していた。

よく見れば、さまざまな海の生き物が、そのサンゴを住処《すみか》にして彼らの生をまっとうしているのがわかる。イソギンチャク、ヒトデ、ウニ、サンゴ、そして小さな熱帯魚たち。

じっと観察していると、いつの間にかアスムの横にセーファがいた。

彼女の黒い髪が、水の流れに大きく広がり、きらきらと輝いている。

アスムの視線に気づいたセーファは、何かを言った。

「…………」

水の中だから、もちろん聞こえない。

けれど、そのまま海底を指差した彼女の白い指先に、不意に、数匹の魚が近づいてきた。

細長く小さな黄色い身体に、黒くて太い縦縞《たてじま》が一本、尾びれまで入っている。

確かこの子は――ホンソメワケベラ。ベラの仲間だ。ミントン助教授の授業で使うテキストに載っていた。性格はおとなしく、毒もない。警戒心はあるが、驚かさなければ人懐《ひとなつ》こい魚だ。他の魚の身体につく寄生虫を食べる習性があり、魚たちはホンソメワケベラを見ると、寄生虫を取ってもらうために近寄っていく。

セーファの白い指も、きっと魚のように見えたのだろう。

一匹のホンソメワケベラが、まるでキスをするように、セーファの指をちょんと突いた。

セーファが、笑った。ぷくぷくと、吐息が気泡になり水面に向かっていった。

そんなセーファの姿がおかしくて、アスムは思わず、セーファの身体を抱きしめた。

「……っ！」

セーファが大きい目を丸くした。ひときわ大きな気泡が、彼女の口から出た。

アスムはセーファを抱いたまま浮上し、勢いよく水面に顔を出す。

「あっははは！」

「もう！　いきなり何するの？」

セーファが、頬を膨らます。

その表情の愛おしさに、アスムはもっと強く彼女を抱きしめ、大声で笑った。

雲ひとつない青い空に向かって笑うアスムを、怪訝そうに見つめていたセーファも、いつしか、つられるように可愛《かわい》らしい笑い声を上げた。

アスムたちはいつまでも、熱帯の海の真ん中で、睦《むつ》まじく笑いあった。

まるで、昨日遭遇してしまった惨劇の記憶を、忘れてしまおうとするかのように。

*

――二人が学長室に入るのは、初めてのことだった。

厚い木の扉を、セーファとともにくぐっていく。威厳《いげん》のある部屋を想像していたアスムは、実際に扉の向こうに足を踏み入れて、少し意外だと感じた。

とても広い部屋は、しかし予想していたよりも華美ではなかった。むしろ簡素で、四面を覆うぎっしりと天井まで本が詰まった本棚は、まるで図書館のようだ。

机の上のあちこちに伏せられた本や、積み上がった書類。アスムは飽くなき知の探究の跡を読み取り、改めて思い出す。

カレッジにおける、学長を筆頭とした教授、助教授、研究生、学生と続く地位は、権力を示すものではなく、能力に応じてできることの幅を表すものに過ぎない。裏を返せば、学長こそ、カレッジで最も能力があり、だからこそ誰よりも深い知の探究に耽溺《たんでき》しているのだということ。

この学長室のありさまこそが、まさしくその証《あかし》だ。

「腰掛けたまえ」

シュイム学長は、振り返ると、アスムたちに椅子を勧めた。

年齢は六十歳ほど。背が高く細い身体だ。短い白髪を真ん中で分け、鼻の下にうっすらと産毛《うぶげ》のような髭《ひげ》を生《は》やしている。すっきりとしたシルエットのスーツを、背筋を伸ばしてぴたりと着こなすさまに、アスムはモミの木を連想した。

言われるがまま、二人は腰を下ろす。ひんやりした座面が、アスムの尻《しり》を冷やした。

ふと横を見ると、セーファが未《いま》だ、真っ白な顔で小刻みに震えていた。今しがた目撃したものの衝撃が抜けていないのだ。アスムは、セーファの氷のように冷たい右手を、そっと、自分の左手で包み込んだ。

「二人とも、コーヒーは飲めるかね?」

シュイム学長が、優しいが、威厳のある声色で訊いた。

「はい。大丈夫です」

アスムの頷きに、学長は大きな身体には似つかわしくない、やけに小さなポットから、二つの陶器のカップに、琥珀《こはく》色の液体を注いだ。

「温かいうちに」

「ありがとうございます」

シュイム学長からカップを受け取る。

手のひらに移るカップの熱に、不意に涙が出そうになるのを堪えながら、ごくりと一口、苦さと旨《うま》さが共存する液体を嚥下《えんげ》した。

シュイム学長は、自分のカップにもコーヒーを注ぐと、それを手にアスムとセーファの前に自らの椅子を置き、腰掛け、そしておもむろに口を開いた。

「……さぞかし怖かったことだろう。カレッジを代表して、謝罪する。君たちをあんな目に遭わせて、本当にすまなかった。こんなことは、二度とあってはならない。そのために私は学長として、全力を尽くすことを誓おう」

アスムにとって、これが学長と話をする初めての機会だった。だが、このほんの少しのやり取りと声色だけでも、シュイム学長が、カレッジの長になるだけの包容力を持っていることが、十分に伝わってきた。

「詳しいことはこれから『自警団』に調査をさせる。調べが進めば、事件の真相も明らかになるだろう。だから君たちも、我々に任せて、今日のことはできるだけ早く忘れたまえ。難しいことかもしれないが……」

「はい……」

アスムは、項垂《うなだ》れるように頷いた。

しばしの沈黙。その間、シュイム学長はアスムたちのことを、瞬《まばた》きもせず、知性を感じさせる特徴的な金色の瞳で、じっと見つめていた。

心の奥を見透かされそうな視線にたじろぎながらも、アスムはおずおずと切り出した。

「あれは、やっぱりヤブサト助教授だったのですか」

「ああ。彼は、亡くなった」

静かで穏やかだが、重みのある声色で、シュイム学長は答えた。

「実に残念なことだ。彼は優秀な研究者だった。身体は小さいが、志は大きく、カレッジを背負《しょ》って立つ男になるはずだった」

シュイム学長の言葉に、アスムもつられるように言った。

「僕もです。僕も、ヤブサト助教授を尊敬していました。さまざまな場所に赴いて、未知の研究を続けていたあの方のように、僕もなりたいと思っていました。でも、まさか……あんなことになるなんて……」

自分の声が涙に滲《にじ》むのを聞きながら、アスムは顔を上げた。

「学長……ひとつ、教えていただけませんか」

「何かね」

「ヤブサト助教授は、何を研究されていたんでしょうか」

「…………」

シュイム学長の眉《まゆ》が一瞬、思惑ありげに僅かに動く。

カップをそっと書類が積み上がった机の端に置くと、シュイム学長は胸の前で指を組み、アスムに問い返す。

「なぜ、君はそれを知りたいのかね？」

「尊敬する先生でしたから……何を研究していらしたのか、知りたくて」

「……なるほど」

シュイム学長は、思案するように目を伏せると、数秒の間を置いて答えた。

「よかろう。ヤブサト君の研究テーマは……『哺乳類学《ほにゅうるい》』だった」

「哺乳類。それは……」

「ああ。意味するところは、わかるね」

もちろん、わかる。

哺乳類とは——生物学的には恒温動物であり、肺呼吸をする生き物であり、子を乳で育てるための乳腺《にゅうせん》を持つ生き物だ。他の生物群と同様オスとメスの別を持ち、胎生により繁殖する。

アスムが住む珊瑚礁の島には、哺乳類がほとんどいなかった。島にいる生物の多くは森にいる爬虫類と鳥類、または海にいる魚類で、哺乳類として身近にいるのは、トガリネズミ目に属する小さな種族と、時折遠海に現れるクジラやイルカくらいだ。もしかすると最も頻繁に触れる哺乳類は、他でもないアスムたち人類かもしれない。

もちろん、アスムたち学生は、カレッジにおいて哺乳類について学び、また図鑑を通じてどのような種族があるのかを一定程度学んでいた。だが、それらに直《じか》に触れるには島を出なければならず、したがって、その資格が認められる程度に優秀でないと、研究さえできなかった。

言い換えれば、哺乳類をターゲットとした研究は、生物学を専攻する教授と助教授の中でも、極めて有望だと認められる者にしか許されていない「聖域」であったのだ。

無言で首肯したアスムに、シュイム学長は続けた。

「島外のフィールドワークを許可したのは、学長である私だ。哺乳類の研究が行える程度に、彼が優れた研究者だと判断したからだよ。ヤブサト助教授は、君の嘆きを正当なものとするだけの人間だった。それは、間違いない」

「……はい」

優しく慰《なぐさ》めるような言葉。不意に目頭に熱さを覚えて、アスムはそっと俯いた。

いつの間にか、握っていたはずのセーファの手が、そっとアスムの手を握り返していた。

シュイム学長は、目を細め、慈しむような表情を見せた後、ふと真顔になり、アスムに問うた。

「ところで、我々の学問の中でも、とりわけ哺乳類学は『聖域』とされているが、それがなぜか、君はわかるかね」

「哺乳類がこの島にほとんどいないから、ですか」

「島内にいない種族は他にもごまんとある。残念ながらそれは聖域の理由とはならない」

「そうですね。ということは……哺乳類の中に我々人類が含まれるから？」

「よろしい。しかし、なぜそこが重要なのか、もう一歩考察が必要だ」

「それは……」

アスムはふと、言葉に閊《つか》えた。

我々人類が含まれているから、哺乳類は聖域とされる。なぜそこが重要なのか——。

沈黙し、シュイム学長の言葉を反芻《はんすう》するアスムの横で、セーファが、か細い声で言った。

「もしかして、私たちが私たち自身を知ってしまうのは、よくないことだから……？」

「わかった。何か研究を制限すべき理由があるんですね」

アスムもまた、被せるように言った。

シュイム学長が、片方の口角だけを上げると、居住まいを正して続けた。

「その理由は、我々自身の歴史を振り返ることでわかる。アスム、セーファ……君たちはかつて、我々がどんな種族であったか、すでに学んでいるね」

「はい。とても暴力的で、だから争いが絶えなかった。そう習いました」

大災厄以前――それは繁栄とともに、目を覆う凄惨《せいさん》さが共存する時代であったという。

人々は主に民族を軸として形成された「国」と呼ばれる利己的な集団を形成し、それぞれが自分の利益のためにだけ働いた。結果として互いを食い潰し、命を命とも思わない凄惨な闘争が、四百年近く繰り広げられることになった――そういうふうに、アスムは習った。

シュイム学長は、「そのとおり」と神妙な顔つきで首肯した。

「人が人の命を奪うということ。恐ろしいことに、それがごく日常的に行われていたのだ。個人が個人を侵すことがあれば、集団が集団を侵すこともあった。そのために『軍隊』と呼ばれる専門家集団も形成された」

「人を殺すための専門家ですか」

「そうだ」

ひどい――とセーファが小声で呟いた。

人の集まりに対してある種の実力行使が必要であることは、アスムにもわかる。

この珊瑚礁の島にも、「自警団」と呼ばれる組織がある。主にシュイム学長に仕える助教授たちで構成され、揉《も》め事《ごと》の仲裁や、災害時の人命救助などを行っている。穏やかで協調性のある人々の集う珊瑚礁の島だが、必ずしもトラブルはゼロではない。自警団は場合によって一定の実力行使――逮捕や制圧――もするし、ヤブサト助教授の事件でも、調査を進めるのは彼らであるようだ。

もっとも、実力を行使するといっても、それはあくまで人を守るためのものでなければならない。少なくとも、人を殺すためのものではない。

「よくわかりません」

だからこそアスムは、首を傾《かし》げる。

「当時、暴力が容認されていたということでしょうか？　暴力に暴力で対抗するためであれば、軍隊なるものの存在は必要になります。でも、それではあまりに不合理です。対話によって解決するという選択を、どうして取らなかったのでしょう？」

「私にもわからない。わかりたくない、と言うべきかもしれないね」

「……わかろうと思えば、わかってしまう、ということですか」

「その質問を、私は即座に否定することができないのだよ」

シュイム学長は、眉根《まゆね》を寄せた。

「少なくとも、我々の祖先は、それを当然のこととしてわかってしまった。これは事実だ。ならば、子孫である我々もわかってしまうかもしれない。我々が、我々自身を研究し体系化するということは、わかってはならないことをわかってしまいたいという誘惑を伴うのだ」

「もし、それがわかってしまったら、僕たちは暴力を肯定してしまう……」

「そのとおりだ。だからこの研究は、中途半端《ちゅうとはんぱ》な人間が、あるいは生半《なまなか》な覚悟で手を付けてはいけないものなのだ」

「だからこそ、研究は制限され、聖域とされている」

「いかにも」

「でも、シュイム学長」

厳《おごそ》かに頷いたシュイム学長に、それでもアスムは反論した。

「そんなことがあり得るのでしょうか？　現代人は、大災厄前の人々と比べて十分に理性的です。そんな僕らが野蛮な行為に魅せられるとは到底思えません」

「本当にそうかね？　だとすれば君は、ヤブサト君のあの姿をどう解釈する？」

「それは……」

アスムの脳裏に、先刻見たヤブサト助教授の死体がありありと思い浮かぶ。

まるでぼろきれのような無残《むざん》な死体。衣服はずたずたに破かれ、白い肌が露《あら》わになり、そこにいくつもの擦り傷や打撲の跡があった。腰から下を中心に激しい出血も見られた。

どう見ても、あれは事故などによるものではない。

かといって、珊瑚礁の島にいる動物の仕業でもない。この島には人間をあんなふうにできる大型の動物は生息していないからだ。

つまり、あれは機械やこの島の動物ではない何者かが、野蛮に暴力を振るった結果なのだ。

ならば、その何者かの正体は――何なのか？

「……正直に言えば、私自身が恐れているのだよ」

シュイム学長が、冷静だが、感情を抑えているような声色で言った。

「聖域を調べることを許可された彼が、あそこまでいたぶられ、とどめも刺されず残酷に殺されたことを、どう解釈するべきか？　これこそ、人類が人類自身を理解することは危険だということの証左なのか？　だとすれば私は、カレッジの……いや、珊瑚礁の島の平和に関わる脅威に対し、どう対応すべきなのか？」

「…………」

シュイム学長は、少しの間を置くと、声を潜めて言った。

「私はすでに、対応をカーネに仰いでいる。彼女は私にこう指示した。この事件を、決して第三者に漏らしてはならないと」

「僕たちにも、このことは黙っていろということですか？」

「そのとおりだ」

シュイム学長はゆっくりと顎《あご》を引いた。

「アスム、そしてセーファ。私と約束してはくれまいか。このことを決して他言しないと。……

わかってくれるかね？」

「……はい」

シュイム学長の求めに、アスムとセーファは、不安そうな顔でお互いに見つめあってから、同時に小さく頷いた。

＊

夕日が、水平線の向こうに沈んでいく。

ひんやりした陸風が後ろからそっとアスムたちの背中を撫《な》で、橙色《だいだいいろ》の海へと去っていく。

週に一度の休学日。ひとしきり、子供のころのように海で駆け回って遊んだアスムとセーファは、砂浜に腰を下ろし、疲れた身体を休めていた。

波打ち際を、ヤドカリが二匹、同じ方向に歩いている。

つがいだろうか。大きいものの後ろを、小さいものがトコトコと一生懸命についていく。思わずアスムは、口元を綻《ほころ》ばせた――。

「ねえ、訊いてもいい？」

ふと、今までアスムの肩に頬を乗せて寝息を立てていたセーファが、空と海の境目をぼんやりと見つめながら言った。

「なんだい」

「ヤブサト助教授のこと……なんだけど」

びくり、と無意識に身体が硬直する。

生々しく想起される、昨日の惨劇——どれだけ今日の楽しい一日を経たとしても、あの衝撃はそう簡単に忘れられるものではない。

だが、内心の動揺を悟られまいと、アスムはあえて、なんでもないような口調で答えた。

「どうかしたかい？」

「かわいそう、だったよね」

「…………」

意味深な沈黙が交わされた。

数秒を置いて、セーファがふと顔を上げた。絹のように滑らかな長い黒髪でアスムの二の腕をくすぐりながら、彼女は、潤《うる》む瞳に夕日を映して言った。

「やっぱり私、アスムにはこの島を出て行ってほしくない」

「セーファ……」

「ヤブサト助教授みたいに、かわいそうなことになってほしくないの。だから約束して、アスム。絶対にこの島を出て行かないって」

「…………」

「お願い。ね？　アスム、約束して？」

セーファが、縋《すが》るようにアスムの腕を強く抱き締める。

アスムは――答えに困った。

あのヤブサト助教授の惨状を目撃してさえ、アスムの決意は揺らいではいない。

島の外に出た彼が、無残な死体となって見つかったという事実は、確かに、多少アスムを怖気《おじけ》づかせるものではあった。セーファも、島の外に出ることでヤブサト助教授と同じ目に遭うと考えているのだろう。だからこうしてアスムに懇願《こんがん》しているのだ。

もっとも、言うまでもなくヤブサト助教授が死んだことと、彼が島の外に出たことの間に明確な因果《いんが》関係があるわけではない。セーファの憂いは、取り越し苦労のように思える。

少なくとも、こんなことでアスムたちが怯える必要はないのだ。時が来たら、大手を振って島の外に行けばいいし、それを望むことに後ろめたさを覚えることもない。だけれども――。

「わかったよ、セーファ。僕は、この島を出て行かない」

アスムは、言った。

もちろん、嘘《うそ》だ。

ちくりと胸の奥が痛んだ。セーファを安堵《あんど》させるためだけに吐く嘘の言葉、そのことに対する良心の呵責《かしゃく》――だがすぐに、アスムはこれが「いい嘘」なのだと言い聞かせる。これはセーファの心を安らかにするために必要な嘘なのだ、と。

そうさ、こういう嘘は必要なんだ、これからの二人のためにも――。

「……ありがとう、アスム」

ほっとしたように、セーファは身体の力を抜き、アスムに体重を預けた。

その瞬間、少し焼けて赤くなった彼女の二の腕が、アスムの隆起した胸に触れた。

ぞわっ、と脊髄《せきずい》に沿って電撃が走った。

「どうしたの？」

「あ、いや……なんでもない」

「変なの」

セーファが、からかうように目を細めた。

それから、少しの間を置いて、独り言を呟くように言った。

「ヤブサト助教授のこと、誰にも言っちゃだめなんだよね」

「ああ。シュイム学長がそうおっしゃったから」

もちろんカーネの判断でもある。彼女がシュイム学長に、決して第三者に漏らしてはならないと指示したのだ。自分たちも、その判断には従わなければならない。

セーファは、「そうだよね」と頷きながらも、ほんの少しだけ疑わし気な皺《しわ》を鼻筋に寄せた。

「でも、本当にそれでいいのかな」

「なぜ？」

「あんなことがあったって、皆が知っていないと、却《かえ》って危険な気がする」

「きっと、そうなる前に、学長は手を打つつもりでいるんだよ」

「ヤブサト助教授が死んだ原因をはっきりさせるってこと？」

「ああ、たぶんね。そのために自警団も動いているようだし」

「でも、だとしたら学長にはもう何が原因なのかわかってるってことだよね。だったら、むしろ皆でその情報を共有したほうが、安全じゃないかな」

「確かに……」

セーファの言うことには一理ある。

だが、だからこそカーネやシュイム学長の判断にも、何らかの意図があるのだとも言える。

アスムは、慎重な口調で答えた。

「たぶんだけど……パニックになるからじゃないかな」

「パニック？」

「ああ。ほら、こんなこと、これまで珊瑚礁の島で一度もなかっただろう。安易に情報を流して皆がパニックになるのを避けるべきだと、カーネも学長も考えているんだと思う」

「そうなのかな」

「そうだよ……きっと」

「うーん……」

納得いかない、と言いたげに、セーファは人差し指で顎を触った。

「でもね、アスム、例えば……」

「はい、もう終わり！」

反論しようとしたセーファの唇を、アスムは衝動的に自分の唇で塞いだ。

「！」

セーファが驚いたように、身体をびくんと震わせた。

アスムはすぐに後悔した。お互いにとって、これは初めてのキスだったからだ。こんな衝動に突き動かされるようなやり方はよくなかった。もっと、きちんと、心の準備をしてからのほうがよかった。ああ、しくじった――。

けれど、しばらく目を丸くしていたセーファは、抵抗することなく、やがて目を閉じると、アスムの首に腕を回した。

受け入れられた！

アスムの身体に、歓喜が溢《あふ》れた。

唇を重ねたまま、アスムはセーファの身体を、力を込めて抱き締めた。

夕日に見守られながら、二人は長い口づけを交《か》わす――。

けれど唇の柔らかな感触に没頭しながらも、アスムはふと、疑問に思った。

シュイム学長は言った――人類を調べることが「わかってはならないことをわかってしまいたいという誘惑を伴う」と。

けれど、だとすれば、それがなぜ哺乳類学全体を聖域とすることに繋がるのだろう？

哺乳類は何も人類だけとは限らない。図鑑で見た限りでも、コウモリが属する翼手目《よくしゅもく》、ウマが属する奇蹄目《きていもく》、ネコやクマが属する食肉目、ウシやクジラが属する鯨偶蹄目《くじらぐうていもく》など多くの種族がいるのを知っている。人類が自分自身を研究しないようにするために、これら哺乳類全体の研究を規制する必要が、本当にあるのだろうか？

裏を返せば、人類でない哺乳類ならば、別に研究しても構わないのではないか？

そもそも人類は、まず人類自身をきちんと理解すべきではないか？　たとえそれが、人類に野蛮な過去を思い出させるものであったとしても――。

「……アスム」

「何？」

「もっと、私に集中して」

セーファが、頬を上気させ、ねだった。

不意に、アスムの腹の奥から本能の塊が湧《わ》き上《あ》がる。

雑念は一瞬で消え、代わりに、その隙間《すきま》をセーファへの飽くなき欲求が埋めた。

理性と本能。その狭間《はざま》で、アスムはどうしたらこの野蛮な疚《やま》しさをセーファに悟られずにいられるか、紳士の態度を崩さないまま終始考え続けていた。

＊

アスムのもとに「研究室所属の通知」が届いたのは、それから三日後のことだった。

III

六歳でカレッジに所属し、それから十二年間、自由意思に基づき基礎教育を受けてきた学生たちは、十八歳になる年の夏、体系的に学問を修めるため「研究室」に所属する。

カーネの指示により、珊瑚礁の島のカレッジに学ぶ人々に漏れなく課せられたこの「伝統あるしきたり」は、しかし当の学生たちにとっては「新たな修学への第一歩」として、むしろ歓迎すべきセレモニーのひとつとして捉えられていた。

研究室に所属するといっても、何か義務を負うことになるわけではなく、学問の妨げになるものではなかったし、逆に、自らの指針となる指導教授の下につくことによって得られるメリットが大きいことが明らかだったからだ。

もちろん、研究室も自由意思で選ぶことができたし、選んだ研究室をその後、変えることも自由にできた。結果的に、しきたりと言っても、学生にとってマイナスになることはほとんどなかったのだ。

ただ――ひとつだけデメリットがあった。

それは、研究室を異にすることにより、大切な人との繋がりが途切れてしまうかもしれないこと――。

「なあ、セーファ。君のところに、その……通知はきた？」

そのことを尋ねるとき、アスムの心臓は、いつも以上に激しく脈打った。

「うん。きたよ」

食堂の木陰《こかげ》で、静かにミルクを飲んでいたセーファは、驚くほどあっさりと頷いた。

「アスムのところにも？」

「……ああ」

「誰の研究室？」

「ええと、マダム教授……だけど」

「ああ、生物学の」

マダム教授は、シュイム学長の妹で、今のカレッジでは生物学の権威とされる研究者だ。爬虫類の博物学的分類を専門としているが、研究の幅は無脊椎動物《むせきついどうぶつ》や昆虫、さらには植物にまで及ぶという。もちろん、アスムが尊敬する研究者のひとりだ。

本当はヤブサト助教授に師事したかったのだが、彼は研究室を持っていなかった。研究室は教授でないと持つことができないからだ。もっとも、仮に持てたとしても、彼はもうこの世にいないのだが――。

「よかったね！　前から、行くならマダム教授の研究室だって言っていたものね」

「うん……」

確かにアスムの希望のとおりに所属先は決まったのだが――それだけでは必ずしもアスムの希望が叶った、とは言えない。

いや、むしろアスムの希望はこれで叶わなくなったと考えたほうがいい。なぜなら、セーファは生物学よりも、数学のほうを得意としているから――。

「どうしたの？　浮かない顔して」

セーファが、アスムの顔を心配そうに覗き込む。

アスムは、本当は聞きたくないと躊躇いながらも、意を決した。

「君は、どこの研究室に決まったのかな」

「私？　私はね……」

ごくり、と自分でも恥ずかしくなるほど大きな音を立てて、唾《つば》を飲み込む。

セーファは、ふふっと吐息のような笑みを零《こぼ》すと、つま先立ちになって、アスムの耳元で何かを囁《ささや》いた。

――アスムと同じだよ。

「えっ？　今何て？」

「二度は言わないよ。ちゃんと聞こえてたでしょ？」

「あ、ああ……でも」

アスムと同じ。つまり、セーファもマダム教授に師事するということ？

「何か変？」

「変じゃないけど……セーファ、君は数学が得意だったよね」

「うん、そうだけど」

「だったら、生物学じゃなく、数学の教授に師事したほうがよかったんじゃないか？　ほら、君が尊敬している代数学のバティン教授とか……」

「もしかして、私と同じは嫌？」

「そうじゃないけど……」

「だったら、いいじゃない。一緒なんだから」

セーファは、あっけらかんと答えた。

「そもそも私、希望は出さなかったんだ」

「えっ、そうなの？」

「うん。本当を言うとね、私には『これじゃなきゃ嫌だ』っていう分野はないし、逆に、どんな分野だったとしても知の探究はできると思っているの。だから私、希望の申請書にこう書いたんだ。『アスムと同じ研究室にしてください』って」

「…………」

アスムは、呆《あき》れたようにセーファを見た。彼女の選択が、あまりに突拍子もないもののように思えたからだ。

けれど、改めて見下ろす小柄なセーファは、むしろ胸を張り、自分の選択を当然のこととして誇っているように見えた。

そのとき、アスムは理解した。

そうか、そうなんだ。セーファは、まさしく自分の自由意思に基づいて選択をしたのだ。それが自分たち二人のための選択であったとしても、彼女の自由な選択であることに変わりはない。

夏の風のような、爽《さわ》やかで軽やかな彼女の選択。

感心しながらも、アスムはわざと唇を尖らせて言った。

「セーファ、君は酷いな。それならそうと、最初から言ってくれればよかったのに。なんか……意地悪だよ」

そんなアスムの唇を、セーファは人差し指でちょんと突いた。

「アスムの唇ほど、意地悪じゃないよ」

小首を傾げた、からかうようなセーファの仕草《しぐさ》。

そう、風はかくも、摑むことなどできないものなのだ――返す言葉を失いながら、アスムは、幸福に満ちた苦笑いを浮かべた。

*

マダム教授は、年齢は四十歳ほどの、大柄で太った女性だ。

縮れた銀髪を腰まで伸ばし、丸い鼻先に、ちょこんと小さな金縁の丸眼鏡《めがね》を載せている。

シュイム学長の妹でありながら実に対照的だと、いつもアスムは思う。シュイム学長がモミの木なら、マダム教授はまるでバオバブの大樹だ。年齢も大きく離れている。それでも、分厚い凸レンズの向こうに覗く眼鏡の縁と同じ金色に輝く眼差しは、シュイム学長のそれと紛《まぎ》れもなく同じものだ。

マダム教授は、アスムとセーファ、そしてもうひとり、合計三人の新たな研究室メンバーを迎え入れると、丸い顔に満面の笑みを浮かべ、両腕を開いた。

そして、体格からすると意外な、小鳥がさえずるような可愛らしい声色で言った。

「私の研究室へようこそ。あなたたち三人は今日から、この研究室の一員になります。これからは、いつでも自由にこの部屋を使ってね」

マダム教授の研究室は、南向きの明るい場所にある、広い部屋だった。

様々な形をしたいくつもの水槽があり、小魚や甲殻類が泳いでいる。その隙間を縫うように見たこともない花や植物が育てられている鉢植が置かれているかと思えば、その向こうには、多くの本が並んでいる。背表紙から、それらがあらゆる種類の植物、動物を網羅《もうら》する図鑑であることは、すぐにわかった。

アスムは、少し興奮した。生物学を志す者にとって、ここは宝箱のような場所だ。

部屋を見回すアスムたちに、マダム教授は言った。

「まず、研究室のメンバーを紹介しましょう……と言いたいところだけど、実はね、研究室には今、私を含めて二人しかいないのよ」

「そうなんですか」

「ええ。去年までは助教授が五人いたんだけどね、皆、独り立ちしちゃって」

カレッジでは、助教授以下全員が、どこかの教授の研究室に所属する決まりだ。ヤブサト助教授も、シュイム学長の研究室に籍を置いていた。

「私のほかにはもうひとり、研究生にアマミクさんという女性がいるわ」

アマミク？

どこかで聞いたことがある名前だが、誰だっただろう——。

「でも、ごめんなさいね」

首を傾げるアスムの前で、マダム教授は申し訳なさそうに二重顎を引いた。

「彼女、実は今、お休みされているの。ちょっと事情があって……色々と気持ちが落ち着くまでしばらく出てこられないかもしれないわね。でも、いずれ復帰して研究を再開すると思うから、そのときまた、皆さんには紹介するわね」

「わかりました」

事情。色々と気持ちが落ち着くまで。しばらく出てこられない。奥歯に物が挟まったような言い方でよくわからないが、アマミクという女性の身に、何かあったということなのだろうか。

「あなたがた三人も、自己紹介してくださる？　まず、アスムさんから」

「はい。わかりました」

マダム教授の促《うなが》しに、アスムは我に返り、一歩前に出た。

「アスムです。生物学に興味があり、特に脊椎動物の、その……爬虫類や鳥類など、さまざまな動物を研究対象にできればと考えています」

本当は、哺乳類学を学びたいと明言したいところだったが、ここは少し控《ひか》え目《め》な自己紹介をした。

「セーファです。私も、アスムと同じ分野が研究できればいいと思っています」

何かを察したかのように、マダム教授は目を細めた。

「セーファさんに、得意な科目はあるのかしら？」

「ええと……代数学です」

「数学のセンスがあるのね。それなら、統計が向いているかもしれないわね」

マダム教授は、研究室の壁の、目の粗《あら》いニットのように壁に重なるつるをかき分けると、一冊の分厚い本を抜き出し、セーファに渡した。

「生物統計学は、定性的に集めた情報を基にして、数学的な定量化を図って推論する手法よ。このテキストには基礎的なことがまとめてあります。まずはこれを読み込んで使いこなせるようになること。いずれ、さまざまな生物の分類や生態の分析に役立てられるわ」

「ありがとうございます」

マダム教授から渡された本を大事そうに胸に抱《かか》え、セーファは素直に、頭を下げた。

もうひとり――男が、ゆっくりと前に出る。

背は低く、セーファと同じくらいしかない。だが服の上からでもわかるほど身体は分厚く、筋肉質だ。角ばった顔、一重瞼《ひとえまぶた》には無骨な印象がある。

友人ではないが、どこかで見覚えはある――。

男は、自信ありげな口調で言った。

「クボといいます。マダム教授にはこれからお世話になります。よろしくお願いします」

「あなたはどんな研究をしたいの？」

クボと名乗った彼は、胸を張ると、不遜に顎を上げた。

「もちろん、哺乳類学です」

えっ、と思わずアスムは、クボのほうを見た。

哺乳類研究は、アスムも目指す聖域だ。それを、この男も狙《ねら》っているのか？

不敵な笑みを浮かべるクボに、マダム教授は、顔色を変えることなく言った。

「なるほど。いい志ね。でも哺乳類を研究したければ、不断の努力が必要になる。その覚悟はあるの？」

「当然です。そのために僕は、あなたの研究室を希望したんです」

「意気込みはあるというわけね」

嬉《うれ》しそうに目尻《めじり》を下げると、マダム教授は、再び三人に向かった。

「今日から私たちは、同じ研究室でともに学ぶ仲間です。お互いに競い合い、切磋《せっさ》琢磨《たくま》しながら、私たち珊瑚礁の島の人間の生業である知の探究のために、努力しましょう。皆さん、これからよろしくお願いします」

そう言うとマダム教授は、実に上品な仕草で頭を下げた。

＊

「……アスムさん。ちょっといいかしら」

研究室から出て行こうとしたアスムを、マダム教授が小声で呼び止めた。

「僕ですか」

「ええ、あなただけ。いい？」

含みのようなものがマダム教授の口元に見えた。

僕だけに何の用件があるのだろう。訝《いぶか》しみつつ、セーファに「先に食堂で待ってて」と告げると、アスムはひとり研究室に戻った。

「なんでしょうか、マダム教授」

マダム教授は、アスムの背後にもう誰もいないのを確認すると、穏やかな笑みは絶やさないままで言った。

「大したことじゃないの。アスムさんはこの間、セーファさんと兄の部屋に行ったんですって？」

「……はい」

アスムは、少し間を置いて頷いた。

兄の部屋とは、つまりシュイム学長の学長室のことだ。

学生がまず入ることのない場所だ。マダム教授は訝しんでいるのだろうか？　だがもちろん好き勝手に行ったのではない。必要だから訪《たず》ねたのだ。疚しさはない。ないのだけれど——アスムはなんとなく、妙な気まずさを覚えた。

「部屋に入って、驚いたでしょう？　本や書きかけの書類がたくさんあって……」

「そうですね。座る場所もほとんどありませんでした」

「でしょうね。コーヒーは勧められた？」

「はい」

「あれ、『椰子蟹《やしがに》の島』の人々が育てる特産品だそうよ。普通のものよりも苦味と旨味《うまみ》が強いんですって。私にはよくわからないけれどね」

マダム教授は、口元に手を当てると、ふふっと少女のように目元を綻ばせた。

「コーヒーだけじゃなく、兄はいろんなものにこだわりがあるわ。それは、兄が昔から極度の知りたがりだったことと関係しているのでしょうね。その癖《くせ》、知ったことは捨てられないから、部屋があんな風になっちゃうの」

「あー……」

学長室の様子を思い出して、アスムは、妙に納得した。

「きっと頭の中も同じなのね。兄はカレッジにいる誰よりも物事をよく知っている。だからこそ知の探究に相応《ふさわ》しいと認められて、前の学長から指名を受けたのよ」

学長たる者は、常にひとり。だから学長は、教授陣の中からあらかじめ次の学長を指名しておく。学長が亡くなるか、判断力を失うと、学長の地位は後任者に引き継がれる。そういう決まりになっている。

シュイム学長が前学長から学長職を引き継いだのは、もう二十年以上も前の、アスムが生まれる前のことだ。年齢を考えれば大抜擢《だいばってき》だったに違いない。

しかし、当のマダム教授は、一拍を置くと、ほんの少し憂わしげに眉を寄せた。

「でもね、そんな兄のことが、妹の私からすると少し不安に思えることがあるの」

「不安……？」

ピンとこなかった。首を傾げるアスムに、マダム教授は続けた。

「兄は、とても精力的な人よ。あの年齢になっても、新しい知を渉猟《しょうりょう》しようといつも考えている。兄のことを見つめてきた妹の私だから、その気持ちはよくわかる。でも同時に、だからこそ前のめりになっているように見えることもある。まるで、危険であることをあえて是としているような……いえ、むしろそれを望んでいるような。私には、そういうふうに感じられる」

「………………」

危険も辞さない。むしろ是とする。それはアスムには、少し理解できる心情だった。

未知のものであるからこそ、それを知りたいという欲求にかられてしまう。きっと、シュイム学長も同じ気質の持ち主なのだ。アスムと同じように。

けれどマダム教授のような穏やかな性格の女性《ひと》から見れば、それは単なる向こう見ずに見えるのかもしれない。だからこそ心配に思えるのだ。

「だからアスムさん。私はあなたに忠告します」

マダム教授は、真顔でアスムの目をじっと見つめた。

「兄は偉大な研究者です。大いに手本にすべき人であることは間違いありません。でも、あなたがその影響を過大に受けることを、私は必ずしも肯定しません。したがって、あなたが何か未知のものに興味を持ったときには、必ず私に報告し、相談すること。いいですね？　これは、あなたの指導教授である私からのお願いです」

「……わかりました」

お願いと言いつつ、事実上の指示だ。とはいえ反論の余地はない。アスムは、素直に頷いた。

「わかってくだされば嬉しいわ。アスムさん、これから、一緒に頑張っていきましょうね」

再びころころと笑ったマダム教授に、アスムは問うた。

「あの、ひとつお訊きしたいんですが……学長の部屋には、僕と一緒にセーファも行っています。でも、その話はなぜ、僕だけに？」

「それはね、あなたも兄と同じ、『知りたがり』に見えるからですよ」

表情は変えないまま、マダム教授は即答した。

「だから危惧《きぐ》しているの。知りたがりほど不用意に、禁忌に近づいてしまうから……」

真面目な顔つきで、マダム教授は諭すように言った。

ふとアスムは、いつか聞いた警句を思い出す。

――世界には禁忌と呼ばれるものが存在する。もしそれに出くわしたとしても、決して触れてはならない。

誰から聞いたのかはもう忘れた。だが、ここでいう禁忌が本当にあるのだとすれば――。

確かに僕は、危険かもしれない。きっと僕は、マダム教授が言うように、不用意にそれに触れてしまうだろうから。

妙に納得しながら、アスムは小さく顎を引いた。

＊

外に出ると、今にも雨が降り出しそうな雲が空を覆っていた。

その重苦しい色合いに、アスムの心が妙にざわついた。

いつからだろう。時折、こんな不安定さを覚えるようになったのは。

小さいころは、こんなことはなかった。思春期に入ってからかもしれない。引き金になるのは気温であったり、匂《にお》いであったり、人の言葉であったりとさまざまだったが、どれもごくつまらないことで感情が揺さぶられるようになった。

今もそうだ。人を食ったような灰色が、やけに気に障《さわ》る。

もちろん、こんな気持ちをセーファにぶつけるわけにはいかないのだけれど――。

セーファと待ち合わせている食堂のある共用棟、その手前でアスムは一度足を止めると、大きく深呼吸をして、気持ちを整えた。それから、「よし、大丈夫だ」と自分に言い聞かせると、作り笑顔とともに一歩を踏み出した。

だが、共用棟のエントランスが見えたとき、アスムは一瞬、ぎょっとした。

大理石の柱でできたエントランスの傍《そば》で、セーファと男が話をしているのが見えたからだ。

柱を背にしてこちらを向くセーファに、覆い被さるように話をしている。

背が低く、髪を短く刈り揃えた男――。

誰だ？

抑えていた苛立《いらだ》ちが、再びアスムの背中をざわつかせた。

表情があからさまに険《けわ》しくなっていくのを感じながら、アスムは早足で、二人のもとに近寄った。

「あっ、アスム、遅かったね」

セーファがいち早く、アスムに気付いた。

つられたように、男が振り返った。

「お前は……クボか」

「ああ。さっきはどうも」

一重瞼の目を細めると、男――クボは、口元を上げて引き攣《ひつ》ったような笑みを浮かべた。

その嘲《あざけ》るように曲がった薄い唇に強烈な不愉快さを覚えながら、アスムは問う。

「何を話していた？」

「別に？　ちょっとした雑談さ。これからマダム教授の下で研究に励む仲間なのだし、親睦を深めておきたいと思ってね」

「本当か、セーファ」

「そうよ？」

どうして怒ってるの？　とでも言いたげな、きょとんとした顔で、セーファは答えた。

クボは、悪びれもせず、むしろ尊大な態度で、アスムに右手を差し出した。

「僕としてはもちろん君とも仲良くやっていきたいと思っている。そんなわけだからアスム、改めて、これからもよろしく」

握手だと？　突然、強烈な腹立たしさが込み上げた。

だがアスムは、あえていつもどおりを装い、握手を返す。

「……こちらこそ」

クボの手は筋肉質で分厚く、汗ばんでいた。

その瞬間、クボが力強くアスムの手を引いた。そして、下からアスムに顔を近づけると、耳元で囁いた。

「彼女は俺が貰《もら》うぞ」

「なんだと」

クボの肩を左手で強く押し返す。

だがクボは、ねめつけるアスムを無視すると、何事もなかったかのような顔つきでセーファに振り返った。

「じゃセーファ、また明日」

「うん。またね」

セーファが手を振ると、クボはアスムを押しのけ、のしのしと大股《おおまた》でその場を去った。

なんだ、あいつは――憤慨《ふんがい》しながら、アスムは訊く。

「セーファ、あいつに何かされなかったか？」

「別に何もないよ。なんで？」

「いや、何もなければいいんだ……」

――彼女は俺が貰うぞ。

仏頂面で答えるアスムの頭の中にこびりつく、挑発するようなクボの声色。

それはアスムに対する、セーファを巡る戦いに向けた宣言――まさに、宣戦布告だった。

――忌々《いまいま》しい。

クボが自信ありげに去っていった先を、アスムは、処理しがたいほどの腹立たしさとともに、いつまでも睨みつけた。

ふと、視界を遮るように、雨が、ぽつぽつと降り始めた。

＊

珊瑚礁の島で、長く雨が降り続くことは少ない。

ましてきめの細かいスコールではなく、突き刺すような大粒の豪雨は珍しい。もしかすると、台風が近づいているのかもしれない。だとすると季節外れの嵐になるが——そんなことを思いながら、アスムは早朝、ひとり、誰もいないカレッジを、研究室に向かっていた。

マダム教授の研究室がある研究棟は、カレッジの入口から蛇行《だこう》する緩《ゆる》やかな坂を上がった先にある。さらに奥に行くとそこはもう森だ。生物学を専門とするマダム教授の研究室は、自然に近い場所に置かれている。

雨粒が地面で弾《はじ》け、煙のように立ち上る。

ズボンの裾《すそ》が濡《ぬ》れて体温が奪われる。アスムはそっと上着の前を閉じた。

セーファを貰う——そう宣言したクボの存在は、アスムにとって忌々しいものだった。

だが、一週間を置いて心のざわつきが収まってみれば、彼はむしろ、自分がやらなければならないことを気付かせてくれる存在だと思い直していた。

アスムはクボに勝たねばならない。そのために何をなすべきか？

明白だ。学ぶしかない。クボとの勝負は、自らの優秀さを示したほうが勝つ。ならば彼よりも早く資質を示し研究生になることによって、クボよりも優秀であることを示せばいいのだ。そうすればセーファを奪われることもないだろう。

——そんな決意を抱きながら、アスムは、マダム教授の研究室の扉を、キリキリとぜんまいを巻くような音とともに開いた。

鍵《かぎ》の掛かった扉は、珊瑚礁の島には存在しない。部屋そのものを完全に仕切るという発想がないからだ。かつて「人の所有物を盗む」ことが当たり前のように行われていた時代には、こうしたものにも意味があったらしいが、そんな話を聞くたび、アスムは、人類の過去がいかに荒《すさ》んだものだったのだろうと眉を顰《ひそ》め、同時にカーネがもたらした平和に感謝を捧げた。

研究室は薄暗く、少し気味が悪かった。

昨日訪れたときの印象とはずいぶんと異なっている。明るさに乏《とぼ》しいからだろうか。光がないだけで、人間の捉え方は大きく変わる——ふと、ヤブサト助教授の亡骸《なきがら》を見つけたあの暗い部屋を思い出し、アスムは身体を竦めた。

カタン、と部屋の隅《すみ》で音がした。

息を飲み、その方向に視線をやる。

人影が見えた。

先客がいた——心臓が胸の内側で大きな音を立てる。

アスムの眼前で、その人影は、ゆっくりと立ち上がった。

「……あなた、誰?」

高く澄んだ声だ。

薄暗がりに見えるふわりとした服装のシルエットからも、女性とわかる。だが、背はアスムと同じくらい高い。

無意識に腰を引きながら答えた。

「アスム、です」

「アスム……知らない名前ね。新しく研究室にきた子?」

「はい、先週から」

知らない声だったが、彼女の声色には不思議な親しみが感じられた。

アスムは、緊張を解きながら続けた。

「僕のほかには、セーファという女の子と、クボという男が新しく所属しています」

「三人も入ったのね。まあ、五人出て行ったんだから帳尻《ちょうじり》を合わせないと」

くすくすと、彼女は面白そうに笑った。

「ええと、あなたは誰ですか」

「ああ、ごめんなさい。私はアマミク」

「もしかして、ここの研究生の?」

「そうよ。マダム教授から聞いたのね」

アマミクが一歩、アスムに近づいた。

暗さに慣れ、ようやく彼女の顔と身体が見える。

大柄だが、ワンピースの上からでもわかる見事なプロポーション。年は二十代前半くらいだろうか。長くウェーブする金色の髪に、すっきりと左右対称に整った白い顔が映えている。

アスムは無意識に溜息を吐く。まるで月の女神のような美しさだ――。

そのとき、唐突に思い出した。

以前、ヤブサト助教授は、アスムと雑談をしている最中に冗談めかしてこんなことを言ったことがあった。

——僕には妻がいる、僕には勿体《もったい》ないくらい美しく優しい妻だ。名前は……。

その台詞《せりふ》を思い出すと同時に、アスムは、すべてを察した。

惨殺されたヤブサト助教授。アマミクの不在。マダム教授の言葉。

ちょっと事情があって——色々と気持ちが落ち着くまでしばらく出てこられない——いずれ復帰して研究を再開すると思う——。

「もしかして……アマミクさんはヤブサト助教授の奥様ですか」

アスムの問いに、アマミクは薄い笑みを浮かべた。

「……ああ、君は知っているのね。ヤブサトが死んだことを」

「……はい」

アスムは、神妙な表情で頷いた。

アマミクは何も言わないまま、しばらくの間、窓の外を流れる雨を眺《なが》めていた。

唐突に、襟元から忍び込む冷気に、アスムは身体を震わせた。

やけに静かだった。呼吸や心臓の鼓動の音さえ聞こえそうだ——。

一分ほど、身動《みじろ》ぎもせずじっと外を見つめていたアマミクが、ふと思いついたように切り出した。

「……ヤブサトはね、私には勿体ないくらい聡明《そうめい》で、優しい夫だった。知り合ったのは五年前。まだ私は学生だったけど、彼はもう助教授で、研究に打ち込んでいた」

彼が異例の速さで助教授になったという話を、アスムも聞いたことがある。

アスムは相槌《あいづち》代わりに、無言で瞬きを返した。

「知り合ってすぐに意気投合したわ。結婚しようって言われたけれど、まだ早いと思った。結婚すれば子供を作ることになるでしょう？　私は学びが遅くて、なかなか研究生になれずにいたから……優秀な彼の隣に立つには、私も優秀でなければならない、そう思ってしまったの。だから私は、結婚は私が研究生になってからにしようって言った。彼は『約束だよ？』と嬉しそうに答えた」

どちらかが研究生になれば、コミュニティは結婚を認め、夫婦の同居を許す。カーネが申請を許可すれば、子供を作ることも可能だ。もっとも、妊娠するのは女性だ。子育ては夫婦でできるとしても、妻は十ヵ月の間、研究を中断しなければならない。

だから、もっと学びたい、あるいは研究したいと思うアマミクのような女性が結婚を躊躇う、あるいは結婚してもしばらくの間、子供を作ることを申請しないケースは、珍しくはなかった。

「四年が経《た》って、私も遅ればせながら研究生になれた。晴れてヤブサトとも結婚したし、調査旅行から帰ってきたら子作りもしようねって約束していたの。なのに……まさか……」

アマミクが一瞬、言葉を詰まらせた。

死んだ夫のことを思い出しているのだろう。こんなとき、何と言って慰めればいいのか。困惑するアスムに、アマミクは一度、小さく鼻を啜《すす》ると、自虐的に言った。

「後悔しているの。こんなことなら、彼との間に早く子供を作っておけばよかった。研究生になんかならなくてもよかった。自分の学びなんて後回しにしても構わなかった。なのに私は、優先順位を間違えた……本当にばかだわ、私は」

「そんなことはありません」

自らを苛むようなアマミクの言葉に、アスムは思わず口を挟んだ。

「僕たちの生業は知の探究です。アマミクさんは、珊瑚礁の島の人間が受ける使命をまっとうしたんです。それは間違っていません。絶対に……」

「ありがとう。慰めてくれているのね」

アマミクは、目元を優しげに細めた。

「でも、それでも私は愚かだったと思う。だって、今さら気づいたんだもの。私にとっては、与えられた使命と同じくらい、彼が大事だったんだってことに……アスム、君にもしそういう相手がいるなら、私の言っていることがわかるはずよ」

「………」

セーファの顔が、頭を過《よぎ》った。

ほらね？　と言いたげに、アマミクは小首を傾げた。

しかし彼女は、すぐまた真顔になると、意味ありげな口調で続けた。

「君は、ヤブサトがどこに調査に行ってたか知ってる？」

「知りません。……ご存じなんですか」

「ええ。彼、こっそりと教えてくれたの。彼はこの間まで、南極に行っていた」

「えっ、南の果ての？」

南極。それは、回転する球体である地球の南端に位置する、死の大陸だ。永遠の氷に閉ざされ、過酷がゆえにコミュニティも存在しない。不浄でこそないが、生物の姿もない。そもそも「人類が訪れる必要がない場所」だと、アスムは教えられていた。知らなかった。ヤブサト助教授がまさか、そんな場所に行っていたとは。

だが、そこにあえて彼が行ったということは――。

「南極に、生物がいるんですか」

「いい質問ね。……そう。極寒の大地に生物は存在しない。私たちはそう教わってきたけれども、それは違うと彼は考えていた。地球上、どんな場所でも適応した生き物がいる。厳しい環境の南極にだって、必ず何らかの生物……哺乳類がいるはずだ、とね」

「哺乳類……」

アスムは無意識に、ごくりと唾を飲み込んだ。

極寒の地では変温動物は行動の自由を失う。いるとすれば、体毛に覆われた恒温動物である哺乳類だろう。正しい推論だ。

「……だからヤブサト助教授は、南極に行ったんですね。哺乳類を探しに」

「そう。しかも彼は、自らの正しさを証明した。未知の哺乳類を捕獲したのよ」

「本当ですか！」

驚きに飛び上がりそうになったアスムに、アマミクは言った。

「嘘じゃないわ。ヤブサトが帰ってきたとき、私に教えてくれたの……」

――アマミク、聞いてくれ。僕はとんでもないものを捕まえたんだ。

二足歩行する大型の獣だ。人類のようでもあるけれど、我々とは異なる身体的構造を持っているんだ。これは大発見だぞ。もしかすると、哺乳類学を一から書き換えるかもしれない。

僕はこいつを「セジ」と名付けた。すぐに詳しく調べる必要がある。だから、半年ぶりに君と一緒に過ごしたいのは山々だけれど、もう少しだけ待ってくれないか？

「セジ……ですか？」

「ええ。でもね、私が聞いたのはここまで。ヤブサトは『本当にすまない。でも……愛しているよ』と言ったきり、すぐ研究に入ってしまったから。そして……これが、私が聞いた、彼の最後の言葉になってしまった」

「ヤブサト助教授は、死んでしまった」

「死んだ？　いいえ、殺されたのよ」

殺された――その言葉の持つ重みに、思わずアスムの背筋が凍りつく。

アマミクもわかっているのだ。ヤブサト助教授の死は、尋常《じんじょう》なものではないということを。

その現場を見つけたのは、僕です――ふと、そんな言葉が喉《のど》まで出かかる。

だが、シュイム学長との約束を思い出し、その言葉を静かに飲み込むと、代わりに、アスムは問うた。

「……誰に、殺されたんでしょうか」

アマミクは、悔《くや》しげにぐっと拳《こぶし》を強く握ると、忌々しそうに答えた。

「セジよ。セジが、あの人を殺したんだわ」

「セジが……」

戦慄するアスムの脳裏に、また凄惨な光景が蘇《よみがえ》る。

仰向けに倒れるヤブサト助教授。衣服はずたずたに破かれ、身体にはいくつもの打撲の痕。激しい出血によって、辺りは一面、不気味な朱に彩《いろど》られていた。

アスムは当初、これは動物の仕業ではないと感じていた。人間をあんなふうに蹂躙《じゅうりん》できる大型の動物はこの珊瑚礁の島にいないからだ。

だが——もしそれが、外から持ち込まれていたとしたら？

「私は確信してる。ヤブサトは、自分が捕まえたセジに、逆に殺されてしまったのだと。あんな酷いことができる人間も動物も、この島にはいない。いるはずがない。だったらそれは、外から来たとしか考えられない」

瞳に冷たい色の炎を浮かべたアマミクの言葉は、淡々としながら、鬼気迫るものがあった。

だが、だからこそアスムは、彼女の言葉をむしろ半分疑った。

ヤブサト助教授が南極で未知の生物——セジを捕まえ、連れて帰った。これは本当のことだろう。ヤブサト助教授はつまらない嘘を吐くような人じゃない。そもそも南極のような過酷な環境で研究はできないし、研究しようと思えば連れて帰るしかないのだから、筋も通っている。もちろん、目の前のアマミクが嘘を吐いているとも思えない。

だが、ヤブサト助教授がセジに殺されたというのは、どうだろう。二つの事実は短絡的には結びつかないのではないだろうか。確かに、この島に人を殺せるような人間も動物もいないことは同意するが――。

加えて、さらなる疑問があった。

アスムは、神妙な面持ちで訊いた。

「ヤブサト助教授がいない今、セジは、どこにいるのでしょう？」

「わからないわ」

アマミクは、肩を竦めた。

「でも、カレッジの敷地のどこかにいると思う。カレッジは高い塀に囲まれているから。その外には出られないはずよ」

「とすると、今はどこかに隠れている」

「敷地には森がある。そこにいる可能性は高いわ」

確かに、カレッジの熱帯雨林には、餌《えさ》となる小動物がたくさん生息しているし、飲み水を得るための貯水池もある。大型動物にとっては生きていきやすい環境だろう。

だが――一拍を置くと、アスムはさらに問うた。

「セジがまた、人を襲うことは？」

「わからないわ。でも……」

アマミクが一瞬、言葉に閊える。

だが彼女は、数秒の思考を挟んで、静かに答えた。

「その可能性も、高いと思う。だって、セジにとって、自分を無理やりこんな場所に連れてきた人間は、敵対的な存在でしょう？」

「………………」

セジは、また人を襲うかもしれない。

それは、このままセジを放置しておけば、第二、第三のヤブサト助教授が生まれる可能性があるということだ。

アスムはようやく、腑《ふ》に落ちた。なるほど、シュイム学長がこの事実を黙っているように指示した真意は、ここにあったのだ。もし、人を殺した獣がカレッジの森にいるとわかれば、誰も、心穏やかではいられなくなるだろう。住民にパニックをもたらすような情報は、カレッジと、ひいてはこの島を預かるシュイム学長にとって、できるだけ伏せておきたいに違いない。

得心したアスムに、不意に、アマミクが言った。

「ねえ、君。ひとつお願いがあるの」

「なんでしょうか」

「セジに関する情報があったら、すぐ私に教えて。セジの姿かたち、居場所、習性、出自……なんでもいいから」

射貫《いぬ》くような視線で、アマミクがアスムを見る。

まるで、あなたが隠しているヤブサトの死に際《あのひと》を教えて、とでも言いたげな瞳——。

後ろめたさを覚えつつ「わかりました」と頷くと、アスムは、誤魔化すように訊いた。

「でも、それを知って、あなたは何を？」

「…………」

先刻よりも長い沈黙が返ってきた。

だが、瞬きもせず、アスムをじっと見つめ続けていたアマミクは、やがて、たった一言だけをぽつりと漏らすようにして言った。

「復讐《ふくしゅう》するの」

不意に、背筋が冷えた。

窓の外で、突然雨脚を強めたスコールが、ザーッと不穏な音を立てた。

＊

セジに関する情報があったら、すぐ私に教えて――。

その言葉はしばらくの間、アスムの耳の奥にこびりついていた。

四六時中、頭の中に蘇る彼女の呪詛《じゅそ》。思い出すたび、森の奥や、廊下の暗がり、はては研究室のちょっとした物陰《ものかげ》にセジが蠢《うごめ》いているような妄想に捉われた。

お陰でしばらくの間、アスムは、勉強にまったく身が入らなくなってしまった。

だからかはわからないが、同じ研究室のクボが、心ここにあらずのアスムに対して侮るような態度を見せ始めた。「こんなことも知らないのか」「君にはまだわかるまいよ」と、鼻で嗤《わら》うような言動で、アスムを挑発するようになったのだ。

実に不愉快だった。しかし、アスムにもわかっていた。今の状態では明らかにクボのほうが勉強に打ち込めているし、はるか先に進んでいる。それは事実なのだ。これでは侮られるのも仕方がない、悪いのは自分なのだから――そう自嘲《じちょう》気味に、アスムは心の中で歯噛《はが》みした。

だが――こんな状況が十日ほど続いたころ、アスムははたと気づいた。

なんだよ、結局、何も起きないじゃないか、と。

あれ以降、何か事件があったわけでもないし、自警団が積極的に動いている節もない。少なくとも、アスムに見える範囲内はいつもどおりで、セジの気配は微塵《みじん》もないのだ。

アスムは、観測できるその事実から、ひとつの結論を導いた。

つまり――そもそもセジなど初めからいなかったのだ、と。

ヤブサト助教授が南極で何らかの行動を取っていたのは事実だろう。彼がその後、不幸な事故に見舞われて死んだのも、第一発見者にとって紛れもない事実だ。だが、だからといってセジの存在を肯定するのはやはり早計だ。冷静になってみれば、セジ以外の原因がある可能性の方が、はるかに大きいのだから。

アマミクもきっと、何かを勘違いしているだけなのだ。自警団もとうに調査を終え、結論はすでに出ているのに違いない――アスムがまだ知らないだけで。

ならば、もはやびくびくする理由は、何もない。

アスムはその瞬間、ようやく本来の自分を取り戻した。

そうだ、僕はこんなことに怯えている場合じゃない。

僕の目標は研究生になること。研究生になって、セーファと一緒に暮らすことじゃないか。そのためにクボにも勝つ必要がある。こんなところでもたもたしている場合じゃないのだ。

「……元気になってきたね、アスム」

セーファが、アスムの手を握りながら、嬉しそうに言った。

彼女は気付いていたのだ。アスムが、何かに囚《とら》われていたことを。

だが、もうセジの呪縛《じゅばく》は完全に解けた。

アスムはようやく安堵することができたのだ。

少なくとも彼自身は、そう自覚したのだった。

だが――。

＊

十二日目。晴れ晴れとした気分のアスムの耳に、突然、その噂《うわさ》が飛び込んできた。

――研究棟の屋上で、学生が死んだらしい。

その姿は、見るも無残だったそうだよ――。

「まさか……嘘だろ？」

アスムの心を、再び、不穏な霧が覆い始めた。

IV

トムイという名の、十五歳の少年だったという。

彼には、あまり友人がいなかった。嫌われていたというわけではなく、本人が孤独を好んでいただけだった。数学と物理学を好み、将来は天文学の教授になりたいと、数少ない親しい友人である女性助教授には話したことがあるという。

トムイはよく、夜ひとりで天体観測を行うことがあった。

カレッジは基本的に、夜間の立ち入りが禁じられている。だが、夜行性の動物を研究したり、二十四時間つきっきりで実験を行ったりといった事情で、カレッジには深夜も人影が疎《まば》らにあるのが常だった。そもそも禁止とはいいながら罰則があるわけでもなく、結局、自由な気風を持つ珊瑚礁の島らしくすべては自由であったのだけれど、律義な性格のトムイは、決まりに従って事前にきちんと学長への申請を行った上で、その夜も、森に隣接する研究棟の屋上でひとり、彗星《すいせい》の観測をしていたらしい。

らしい、というのは、その前後の具体的な彼の行動を知る者が誰もいなかったからだ。

翌朝みつかったのは、変わり果てたトムイの亡骸だった。

見つけたのは皮肉にも、トムイと親しくしていた当の女性助教授だった。観測の成果を聞きに行った彼女は、そこで、酷い暴行を受け絶命するトムイを発見したのだ。

服はびりびりに引き裂かれ、身体には多くの痣《あざ》が残されていた。出血も激しく、発見時にはもう息はしていなかったという。そのあまりに残酷な光景に、女性助教授は、卒倒しそうになりながらも、シュイム学長に報告した。

ほどなくして自警団がその場所にやってきて、トムイが死んだことを確認した。

たまたまその場に居合わせたという者の話すところによれば――。

死因となったのは、胸の大きな刺し傷だったという。凶器は残されていなかったが、鋭利な刃物のようなもので心臓を一突きされ、それが致命傷となってトムイは絶命したらしい。

一方、彼の両手には多くの打撲傷があり、爪が剝《は》がれていたという。トムイが何者かに激しく抵抗した結果なのか、それ以外の理由によるものかは、わからないが――。

ともかく、アスムの耳に入ってきた噂は、それがすべてだった。

嘘かまことかはわからない。後者だとしても、事実が誇張《こちょう》されている部分はきっとあるだろう。だが、トムイというまだ十五歳の少年が無残に死んだ――あるいは殺された――というのは、間違いなく事実だろうと思われた。加えて、シュイム学長は今回もきっと、即座に緘口令《かんこうれい》を敷いたのだろう。噂に不明な点が多いのがその証拠だ。

「何があったんだろう……怖い……」

噂を聞いたセーファは、自分で自分の身体を抱くようにして、小さく震えた。

「大丈夫さ。きっと、ただの事故だ」

怯える彼女を、アスムはわざと鷹揚《おうよう》な口調で励ました。

これが事故と呼べるものかはわからない。けれどアスムは、そう言ってセーファを宥《なだ》めるしかなかった。彼女もそのことは理解していたのだろう、ただ力のない笑みだけを返した。

一方でアスムは、セーファをいたわりながら、当然のごとくある事実に気づいていた。

噂に伝わるトムイへの暴行のありさまは、明らかにヤブサト助教授のケースとよく似ている。

ということは――。

間違いない。やはりセジは、存在するのだ。

南極から連れてこられた奴は、ヤブサト助教授を惨殺し、逃亡した。そして今またひとり、新たな犠牲者を屠《ほふ》った。そう考えれば腑に落ちるじゃないか。

だが、その一方でよくわからないこともある。

トムイが受けたという、致命傷だ。

死因となった、胸の大きな刺し傷。凶器は残されてはいないが、鋭利な刃物のようなもので心臓を一突きされていたという。これもセジの仕業なのだろうか？

だが――いずれにせよ、ひとつ、はっきりと断言できることがある。それは――。

カレッジは今、未曾有《みぞう》の危険に曝《さら》されている、ということ。

「あれは事故だよ。うん、きっと、そうだ。そうに違いない……」

アスムはただ、セーファのたおやかな背中を優しく撫でながら、うわごとのようにそう繰り返すしかなかった。

＊

「で？　それがどうしたっていうんだ」

研究室にいたクボは、第一声でそう言い放った。

「何かの間違いだろ。同胞をそんな目に遭わせる奴が、この世のどこにいるんだ」

「もちろんいないよ。だが、そういう噂がある以上、僕らも気を付けたほうがいい」

「いや、その必要はない」

クボは、アスムの忠告を一笑に付した。

「噂は、誰かに暴力を振るったり、傷つけたりする者がこの島にいるということを前提としている。繰り返すが、そんな人間はここにはいない。争いがあったとしても、公正な議論とカーネの裁定を基に合意に導いていくのが、俺たち珊瑚礁の島の人間のやり方だろ？　先人もそうしてきたし、これからも当然そうしていくべきだ」

「それもちろん、そのとおりだ。だが……」

これは人間ではなく、セジの仕業かもしれないんだ。

アスムはその言葉を、南極の獣の存在を明確に伝えられない歯痒《はがゆ》さとともに飲み込んだ。

「……と、とにかく。気をつけるに越したことはは」

「くどいぞ」

ピシャリ、とクボがアスムの言葉を途中で制止した。

「何度も言うが、これは何かの間違いだ。そもそも前提に大きな誤りがある。これは俺の仮説だが、単なる事故が……まあ、事故そのものはもちろん、不幸なわけだけれども、そこに不確かな伝聞が介在することで、それが誇張されて伝わっているんだろうと思う。というか、そうとしか考えられない」

鼻で嗤うようにそう言ったあと、クボはアスムを訝しげに見つめた。

「むしろ俺は、お前の方が解《げ》せないぞ。『同じことが、自分たちの身に起こるかもしれないから気をつけろ』だと？　……まさかとは思うが、アスム、お前にはそういう野蛮な心理が理解できてしまうから、そんなふうに言うんじゃないだろうな？」

「それは、違う」

アスムは、慌てて手を大きく振り否定した。

「当然だ。さもなくば見損《みそこ》なうところだぞ」

クボは、したりと顎を引いた。

「この際だからはっきりと言っておく。お前は俺と同い年で、しかも俺と同等の知性と意欲を持っている。だからこそ、俺は競争相手としてお前を認めているんだ。研究と彼女とを巡る好敵手としてな」

「…………」

「お前には、賢くあってもらわなきゃ困るんだよ。それでなければ、勝利する甲斐《かい》もないからな。まあ……仮に俺の見込み違いだったとしても、結果として、研究生の地位は俺が先にいただくだけだ。セーファのこともな」

「待て、それは認めない」

「ならば、己を見失わないことだ」

クボは、ニヤリと不敵な笑みを浮かべた。

「実際にあったことについては、俺たちがとやかく言う話じゃない。学長と自警団に任せておけばいい。そうすれば、事実はいずれ明らかになるだろう。お前も、つまらない噂なんぞに振り回されるんじゃない。……わかったかね、アスムくん」

アスムの肩を下からポンポンと叩くと、クボは、その小柄な身体を自信ありげに反《そ》らせながら、大股で研究室から出て行った。

その背中を見送りながら、アスムは思う。

悔しいが、確かにクボの言うとおりではある。

珊瑚礁の島の人間であれば、この噂に怯えつつ、一方ではその信憑性《しんぴょうせい》を疑うはずだ。なぜなら、それを現実のものと考えるには、あまりに常識に外れているからだ。同じ島の仲間にそこまでの暴行を加えて平然としていられる者など、この島にはいないのだから。

だが、それはあくまで、珊瑚礁の島の常識に照らしてのことだ。

残念ながらこの島には、すでにセジという非常識が侵入している。そのせいか——あるいはそれをきっかけにしてかはわからないが——カレッジが何らかの危険に曝され、結果としてすでに二人が死んでいる。これは歴然たる事実なのだ。

もちろん、このことはクボに説明できない。セジのことも、ヤブサト助教授のことも、他言してはならぬというシュイム学長との約束——ひいてはカーネの指示——があるからだ。それに逆《さか》らって、クボにだけ秘密を明かすことはできない。

結局、予想どおりクボに聞く耳を持ってもらうことはできなかった。彼は忌々しい男ではあるが、同じ研究室の仲間でもある。身の危険を感じて欲しかったのだけれど、話を信じてもらえないのであれば、仕方がない——。

それにしても意外だったのは、クボが思ったよりも真摯《しんし》に、アスムをライバルと認めていたことだ。

どうやら、アスムに敵愾心《てきがいしん》だけを抱いていたわけではなかったらしい。

だとするとアスムも、なおのこと勉学に打ち込まなければならないだろう。そうでなければクボには勝てないからだ。学問の女神は、すべてを捧げた者に微笑むという。今はアスムの下にあるセーファの笑顔すら、いずれ彼に移ろってしまう可能性も否めない。

あるいは、セジなどよりもずっと、そのことが脅威なのかもしれない——。

「……あっ、研究室《ここ》にいたんだ！」

ひょっこりと、セーファが姿を見せた。

破顔した彼女は、滑らかな黒髪をひらりと翻《ひるがえ》しながら、グッピーのような俊敏さで、アスムに寄り添った。

「探してたんだよ？　待ち合わせしたのに来ないから」

「ごめん、もうそんな時間だったのか」

慌てて時計を見る。

セーファと落ち合う時間を、もう十分も過ぎていた。

「誰かと話してたの？」

「ん？　ああ……ちょっとクボとね」

「そうなんだ、珍しい」

セーファは、驚いたように目を丸くしたが、すぐに口角を上げた。

「いつも意識しあってるものね。でも、アスムは彼と仲良くなれると思うよ」

「あいつと？　まさか！」

笑い飛ばしながらも、アスムは訊いた。

「なんでそう思うんだ」

「だって、似てるもの」

「どこが」

「一生懸命なところが」

違うよ――と答えようとしたアスムは、一瞬答えに詰まった。

クボはいけ好かない奴だが、一途《いちず》なところがあるのは認める。そして、それは自分も同じだ。

だからセーファは、同じ一生懸命な者同士、仲良くなれると言うのだろう。確かにそうかもしれない。でも――。

アスムは大きく頭を横に振った。それを認めるわけにはいかない。

セーファが僕とクボを似たものと感じているのなら、彼女が僕に対して抱く感情を、いつかクボにも持ってしまうかもしれない――。

「どうしたの、急に黙っちゃって」

セーファが、俯いたアスムの顔を心配そうに覗き込む。

その上目遣いのきらきらと輝く大きな瞳に、アスムは、神妙な口ぶりで言った。

「なあ、セーファ」

「なあに？」

「何があっても、僕と一緒にいてくれるかい？」

「もちろんよ」

セーファはすぐ、ごく当たり前のことのように頷くと、にこりと微笑んだ。

「アスムが、いつまでも今のアスムでいてくれるならね」

＊

トムイの一件は、アスムの脳裏からいつまでも消えることはなく、彼の心の奥にはいつも不安が渦巻いていた。

その不安をさらに煽《あお》り立てるように、五、六日の間を置いて、アスムの耳に、新たな不穏な噂が続々と入ってきた。

いわく、森の東屋《あずまや》で研究生の女性が襲われ、殺された。

いわく、助教授の男性が行方不明になり、後日惨殺体で見つかった。

いわく、血塗れの女子学生が調整池に浮かんでいた。

その犠牲者はすべて、人のいない暗い夜に襲撃され、酷い暴行を受けた末に、最後は例外なく心臓をナイフのようなもので刺され、その傷が致命傷となって死んだのだという。

次々とまろび入るそれらの噂に、アスムはもはや疑念を超えて、確信を抱いていた。

間違いない。セジは実在している。

実在し、今こうしている間にも、自警団の目を潜《くぐ》り抜《ぬ》け、おぞましい犯行を重ねている。

もちろん、セジの出自には疑いがある。それが南極から来た獣なのか、そうではないのかすら判然としない。しかし、セジが存在すること、人々を次々と毒牙《どくが》に掛ける危険な存在であることは、もはや疑いのない事実だと考えていいだろう。

だからこそ、容赦なく押し寄せてくる噂や憶測について、アスムは、セーファにはできるだけ意識させないようにしていた。

彼女をこれ以上怖がらせたくなかったからだ。アスムは、雑談がきな臭い方向に傾いてきたときは誤魔化し、あるいは噂話に花を咲かせる集団から連れ出し、セーファをできるだけそこから遠ざけた。その努力が実を結んだのかどうかはわからなかったが、セーファはいまだ、明るいセーファのままだった。

もちろん、もしかしたら彼女も、どこかであらぬ噂を聞き、怯えていたのかもしれない。けれど、少なくともアスムの前では、そんな心の内は見せることなく、いつもの天真爛漫《てんしんらんまん》な笑顔だけを、アスムに見せていたのだった。

けれど――。

ヤブサト助教授の一件からちょうど二ヵ月が経過したときに、それは起こった。

どれだけ隠そうとしても隠しようのない悲劇に、アスムたちは遭遇してしまったのだ。

＊

その日の早朝、アスムはセーファとともに、研究室に向かっていた。

斜めに差し込む朝日の黄金色と、建物の影のグレー、そして爽やかな青空とが、美しいコントラストを描く。鳥が可愛らしく囀《さえず》り、花の香りもふくよかな、一日の始まりだ。

アスムは、ひとりで研究室へ向かうときよりもゆっくりと、セーファを気遣いながら歩いた。

マダム教授の研究室までの蛇行する緩やかな坂は、体力のあるアスムにとってはどうということもない一本道だが、身体が小さいセーファにとっては、いつも息が上がってしまう難所だ。

「大丈夫かい、セーファ」

「うん、平気。ごめんね」

セーファが、はぁはぁと肩で息をしながらアスムを見上げた。

セーファに限らず、珊瑚礁の島の女性たちは皆、線が細く、体力に乏しい。だからこそ男は彼女たちを守る必要があるとアスムは考えていた。

珊瑚礁の島において、性別による権利の違いは一切存在しない。男だろうが女だろうが、何を研究しても自由だし、どのような進路を選ぶのも自由だ。一方で、男女の形質的な違い――身体が大きいか小さいか、強いか弱いか、筋肉質かそうではないかといったこと――は尊重されなければならないものだという考え方もまた、確かにあった。

この通念はおそらく、男は短髪で身体に対してタイトな服装とすることや、女は長髪で身体を締め付けない服装とすることが、カーネによって規定されている事実と関係しているだろう。もちろん性別に関わらない選択の自由は保障されており、男が女の格好をしても、またその逆をしてもよいこととされてはいたものの、そうする者はほとんどいない。こうした通念、あるいは規定の上に、男は女を守るものというアスムの意識も生まれていた。

だからこそ、アスムは立ち止まるセーファの右手を取り、優しく声を掛けた。

「無理しないで。君のペースに合わせるから」

「ありがとう」

セーファが、目尻に皺《しわ》を作り、アスムの手を握り返した。

道はやがて、上り坂を過ぎ、平坦《へいたん》な場所に出る。

後ろを振り返れば、カレッジの入口と、その向こうにあるたくさんの住居、そして珊瑚礁と早朝のまだ青い海が見通せる。

ここまでくれば、研究室まではあと一息だよ。セーファを励まそうとした、そのとき——。

セーファの右手が、突然、びくりと強張《こわば》った。

「……？　どうした？」

「アスム、あれ……」

怯えたような目つきで、セーファが行く先を見つめている。

つられて視線をやるアスムは、そこに異様なものを見た。

何十羽《ば》もの鳥が、道の上に横たわる何かに集《たか》り、忙《せわ》しなくついばんでいるのだ。

あれらは、森の住人——色とりどり、カラフルな色をしたこの島特有の鳥だ。それはわかる。

問題は、彼らがくちばしで何度もついばんでいる——何《あれ》かだ。

「うっ……」

瞬間、セーファが顔を背け、えずいた。

アスムもすぐ、その理由に気付いた。

——臭いだ。

反射的に鼻と口を手で覆う。

知っていた。嫌になるくらいに、この鼻が覚えていた。この鉄錆《てつさび》と傷んだ肉とが混じりあったような、生理的な不快さを催す強烈な臭いは——。

ガアーッ！　ガアーッ！　――鳥が一羽、澄み渡る天に向かって不吉な声で鳴く。

誘発されたように、他の鳥たちも次々、ガアーッ、ガアーッと不穏な合唱を歌い上げる。

「嫌っ！」

セーファが、耳を塞いでその場に蹲《うずくま》った。

アスムも、本能的にそうしたい欲求にかられた。なぜなら、もう彼にはわかっていたからだ。人の形をしたあれが何なのかが。

しかしアスムは、だからこそあえて大地をしっかりと踏み締めた。

見たくはない。見るべきものではない。けれど、見定めなければならないということも、すでに理解していたからだ。なぜなら、それができるのは今、自分しかいないのだから。

そう、この僕が見定め、確かめなければならないのだ。

噂が、単なる噂などではないことを。

今度のセジの犠牲者が、誰なのかを。

喉奥まで込み上げる苦いものを、腹の奥に力を込めて堪えながら、一歩前に出る。

「やめて、アスム」

セーファが袖を握り締め、アスムを制止する。

アスムは彼女の手をそっと袖から外しながら努《つと》めて優しい口調で言った。

「大丈夫。君はここで待ってて」

「でも……」

「確かめるだけだ。そうしたらすぐ、誰かを呼んでくる」

「…………」

答えないセーファに微笑みだけを残すと、アスムはそれに向かって歩いていく。

彼の気配を察知した鳥たちが、耳障《みみざわ》りな羽ばたきの音とともに、放射状に空へと去っていく。

後には、彼らに食べ散らかされたそれだけが、糞《ふん》とともに残される。

アスムは、息を止めたまま、すぐ傍でそれを見下ろした。

それは——やはり、人だった。

背は低いが、よく鍛《きた》えられた筋肉質の身体と服装から、彼が男であることがわかる。顔は朝日の陰《かげ》になりよく見えない。だが——。

もはや息をしていないことだけは、確かだ。

「ぐっ……」

呻きつつ、アスムは目を凝《こ》らす。

彼の身体は、埃と泥と大量の血液に塗れていた。衣服は無造作に引き裂かれ、熱帯魚のヒレのように、身体にまとわりついている。その合間で露わにされているのは、赤紫に変色した痣だらけの肌——その表面に残されているのは、鳥たちがついばんだ跡だけではない。創傷、擦傷、そして打撲の痛々しい痕跡——つまり、激しい暴力が振るわれたことの、証——。

しかし、致命傷になったのは、それらの傷ではないことは、すぐに分かった。

胸の付近に、一際大きな刺し傷があったからだ。

小さいが、深い傷。鋭利な刃物のようなもので心臓を一突きされたことで生まれた、他のどの傷よりも無慈悲で、酷薄で、美しく、そして他のどの傷よりも多くの血が流れ出す、赤黒いクレバス――。

アスムは思わず、よろめいた。

これほど残酷な死を、彼は未だかつて見たことがなかったからだ。

アスムが知る人間の終わり――それは概《おおむ》ね、寿命がもたらす安らかなものだった。中には病《やまい》に倒れる不幸なものや、落盤事故のような不遇なものもあったけれど、そのどれもが、ある意味では天命に従った結果であり、残酷であるというよりは無常を感じさせるものだった。だからこそ人々は、いずれは自分の身にも起こり得る当然のこととして、いつも厳かにそれらの死を受け止めていたのだ。

しかし――こ、これは、ど、ど、どうだ？

アスムは再び、眼前の死体を見下ろす。

ここにあるのは、厳粛さとはほど遠い、野蛮な力を振るわれた不幸な死だけだ。

これは「尊ぶべき人間の死」なのか？　そう呼べるものか？

動揺に再び足を取られそうになったそのとき、角度を変えた朝日が、仰向けになった男の顔に光を当てた。

その瞬間、アスムはこの死体が誰なのかを知った。

特徴のある角ばった顔。一重の瞼。かつて不敵な笑みを浮かべていた、皮肉めいた口元。

哀《あわ》れな犠牲者は、クボだった。

*

クボが、死んだ。

蹴散《けち》らされたような彼の亡骸を見下ろしながら、アスムは生前の、あの憎たらしげな物言いと声色を思い出す。目の前の光景とのあまりの違和感に、アスムの意識は遠のいていく――。

だがその瞬間、かさり、と物音がした。

ハッと息を飲み、その方向を見る。

少し離れた場所にある背の高い木々――風もないのに、その梢《こずえ》が小さく揺れている。

何かがある。アスムは目を凝らした。

すぐに見つけた。

背の低い濃緑の合間、斜めに差し込む朝日が作り上げた驚くほど暗い影の中央。

それは――射貫くような輝きを放つ二つの光点。

何者かの瞳。

「誰だッ！」

アスムは身構え、腹の底から叫ぶ。

全身の体毛が逆立《さかだ》った。血管を熱が駆け巡り、身体中の筋肉が強張る。臨戦態勢を取りながら、アスムは目まぐるしく思考した。

瞳がある――つまり、誰かがいる。

姿は見えない。だが、大きな気配を感じる。身体を木々に隠しているが、アスムより明らかに一回り大きい存在感だ。その禍々しさに、アスムは即座に悟った。

間違いない、こいつがクボを殺った奴だ！

奥歯を嚙《か》み締《し》め、闇《やみ》の中の瞳を睨みつける。

瞳孔《どうこう》が、甲虫の甲殻のようにころころと色を変え、煌《きら》めいていた。不吉な気配とは対照的な、不謹慎なほどの美しさだ。アスムはかつて、こんな瞳を見たことはなかった。見る間にも七色に移り変わる、こんな不思議な色の瞳孔を持つ動物をアスムは知らない。人間のもののようにも見えるが、少なくともこの島の住人のものではない。まさか――。

この世のものではない？

腰の辺りがざわついた。

突然、大声で叫びながら逃げ出したい衝動にかられた。にもかかわらず、アスムはなぜか一歩も動くことができず、ただ吸い込まれるように二つの光点を睨み続けた。

何者かもまた、その間、刻一刻と色を変えながら幾重にも折り重なる輝きを宿す瞳を、瞬きもせずにじっとアスムに向けていた。

その、ほんの僅かな時間――。

アスムは、己を見失いそうになるのを堪えながら、不思議な輝きの中に渦巻くものを必死で読み取ろうと試みた。

そこにあるのは——敵意か、憎悪か、恐怖か？　あるいはそれ以外の、何か？　いや——。

もしかして——何かを訴えている？

アスムは無意識に、唾を嚥下した。乾いた口の中がひどく痛んだ。それでもなお彼は、何もわからないままただ視線をぶつけ続けるしかなかった。

まるで永遠とも思える対峙《たいじ》——しかしそれは、数瞬の後、唐突に終わった。

不思議な輝きが、まるで蝋燭《ろうそく》の炎を吹いたように、フッと消えた。

再び、木々の梢が小さく揺れる気配——。

それもすぐに掻《か》き消え、後に静寂だけが残される。

「…………」

数十秒が経って、やっとアスムは気づいた。

何者かは、立ち去った。

ほっと安堵した。脳から血が抜け、立ち眩《くら》む。

思わずその場にへたり込みながら、アスムは、今見たことを必死になって反芻し、その意味を確かめようとした。

一体、何が起こったのか？

今見たものは、何だったのか？

だが——問いに対する答えは、何ひとつ浮かばなかった。

思い出されるのはただ、頭の中に黒々と穿《うが》たれた二つの瞳だけ――。

長く冷たい息をゆっくりと吐きながら、アスムは、震える身体をそっと自らで抱き締めた。

＊

「よく知らせてくれた」

学長室で、シュイム学長はまずそう言ってアスムとセーファを労《いたわ》った。

それから、今にも崩れ落ちそうな顔面蒼白《そうはく》のセーファを気遣いながら、優しく続けた。

「彼のことは本当に気の毒だった。同じ研究室の仲間を亡くして、君たちも混乱していることだろう。今日はもう家に帰って休みなさい。マダムには私から、詳細を伝えておくから」

「…………」

セーファは、こくんと小さく顎を引いた。

シュイム学長は、アスムに向くと、やや厳しい顔で言った。

「アスム。君には義務がある。セーファを守り、しっかりと家まで連れて帰るのだ。わかったね？」

「……はい」

そう答えながらも、本当は、アスムも今にも倒れそうだった。

クボの無残な死に直面し、アスムは心の底から恐怖していた。あの腐った血の臭い。込み上げてくる苦い胃液の味。思い出すたび、叫び出したくなる感情にかられる。それと同時に、彼に死をもたらした者に対する激しい憎しみも湧き上がっていた。そう、あのとき、あそこには、アスムの知る親しい人たちを惨殺した、憎むべき犯人がいたのだ。

死に対する恐怖。ヤブサト助教授やクボを殺されたことによる憎悪。それらが綯《な》い交《ま》ぜになった感情に圧《お》し潰され、アスムは立っているのもやっとだった。

「……よろしい」

アスムのぎりぎりの頷きに、シュイム学長は小さく顎を引き、表情を強張らせた。

「君たちをこれ以上危険な目には遭わせないことを約束する。後のことは私が責任を持ち、自警団にしっかりと調べを進めさせる。だから、このことは誰にも言わないように。君たちはもう、ゆっくりと休んで、すべて忘れてしまうのだ」

「…………」

アスムは、無言で首を縦に振った。

だが、ふとアスムは違和感を抱いた。

目の前にいる彼――ヤブサト助教授の死を知り、トムイの死を知り、多くの人々の死を知り、そして今まさにクボの死を知ったシュイム学長は、しかし、それにしては妙に落ち着いているように見えたからだ。

少なくとも、アスムのように、無残な事実に苛まれているようには感じられない。

年かさゆえの落ち着きか。それとも学長という責任がそうさせているのか。

いや、どちらも違う――アスムは薄々感づいていた。

シュイム学長はきっと、何かを知っているのだ。

それが何なのか、アスムにはわからない。だが、ヤブサト助教授のみならず、クボの死にまで遭遇してしまったアスムたちに、この期に及んでもまだ、明確な理由も述べないままこの事実を他人に漏らすなと命じるのは、シュイム学長自身が何かを知っていて、その知っていることを前提としてすでに行動しているからだと思えてならなかった。

そう気づいた瞬間、すっと、アスムの心に巣食う恐怖と憎悪が、少しだけ薄れた。

その代わりとでも言うように、アスムの脳裏に焼き付いたままの二つの焦《こ》げ跡――その双子の穴から、恐怖とも憎悪とも異なる別の奇妙な何かが、ぽたり、ぽたりと漏れ落ち始めるのを感じた。

それが何なのか、アスムにはやはりわからない。

だが、その何かは間違いなく、アスムの中で根拠なき確信を生んでいた。

間違いない。人ならぬあの不思議な瞳の持ち主こそが、セジだったのだ。

セジはあのときあの場所にいて、アスムを直視していたのだ。

そのことに気づいた途端、アスムの中で突如として津波のように疑問が押し寄せた。なぜセジはクボを殺した？　ヤブサト助教授を殺した？　人々を惨殺した？　その理由は？　真相は？　そしてなぜ、セジはあのとき、あそこにいた？　あの不思議な二つの瞳を向け、何をアスムに訴えていた？　何より――。

そもそも、セジとは何なのか？

――わからなかった。

疑問の答えも、恐怖と憎悪の合間に滴《したた》り落《お》ちるこの奇妙な感情の正体も、あの瞳が宿していた不思議な色の意味も、何もかも。

唐突に何もかもが訝しく、そして、腹立たしくなる。

衝動めいたその感情に、アスムは、シュイム学長の知性的で最奥に秘密を宿した金色の瞳から視線を外すと、心の中で呟いた。

このことは、誰にも言えない。

セーファにも、シュイム学長にも。

V

「それは駄目！」

アスムの言葉に、セーファは即座に反対した。

「止《や》めたほうがいいと思う。いくらなんでも危なすぎるよ」

「大丈夫、自分の身は自分で守る。それは約束する」

「そんなこと言ったって、どんな目に遭うのか、アスムは誰より知っているはずでしょ？　あんなひどいことになるんだよ？　守ろうとしたって、守り切れるわけない」

「わかってる。わかってるけれど……それでも僕は、これ以上被害を増やしたくないんだ。ヤブサト助教授やクボのような哀れな犠牲者を、もうこの島で出しちゃいけない。君もそう思うだろう？」

「もちろん、思うよ」

「ならわかってくれ。そもそも何が起こっているのか、真実を突き止める必要があるんだ。だから僕はもっと調べたい、調べなきゃいけない」

「アスムの気持ちは理解するよ。でも……駄目。それだけは絶対に駄目！」

セーファは、いつになく意固地になって反対した。彼女は飄々《ひょうひょう》としているようで、自分の意見もしっかりと持つ女性だ。いつもなら理性的に議論を交わせるのだが、さすがにアスムのこの提案には、彼女も感情を露わにした。

「誤解しないで。私だって真実は知りたいし、こんな悲劇はもうたくさん……でもね、怖いの。調べるためには、アスムが自ら危険に飛び込まなきゃいけない。アスムがヤブサト助教授やクボと同じ目に遭うかもしれない。そう考えると、いても立ってもいられなくなるの」

「大丈夫さ。そうはならないように、気を付けるさ」

「いくら気を付けていたって、どうにもならないことはあるんだよ？　そもそも真実を知ってどうするの？」

「それは……」

「真実を知ったところで、アスムの力じゃ悲劇は止められないかもしれない。だとすると、アスムがやろうとしていることが、十分な見返りのあることとも、私には思えない。だから……お願い、考え直して？　ね？」

「…………」

懇願するセーファに、アスムは、継ぐべき言葉を失ってしまった――。

クボが死んでから、一週間が経過していた。

アスムたちは研究室に戻っていた。セーファは何事もなかったかのような気丈さを見せていたが、研究室への行き帰りには必ずアスムが傍についていた。

傍目《はため》にも、彼女が無理をしているのは明らかだったからだ。しばらくの間、セーファは休みがちになるかもしれない。「大変だったわね。気落ちしないようにね」と、優しい言葉を掛けてくれたマダム教授からも、研究室には無理に来なくてもよいこと、カウンセリングを受けるべきことをアドバイスされた。

一方、島内では、以前にもまして不穏な空気が流れていた。

遂《つい》に噂が、噂ではなく本当のこととして語られ始めたのだ。

そのきっかけとなったのは、突如シュイム学長が全島民に対して発した「指示」だった。

――当面の間、夜間のカレッジ立ち入りを禁ずる。違背した者にはペナルティがある。

シュイム学長の権限により発せられたこの指示を、衝撃とともに珊瑚礁の島の人々は受け止めた。学長が指示を出すこと自体が、極めて異例のことだったからだ。

学長にはもちろん、カレッジ内を統制する権限が与えられている。しかし、それはあくまでも「知の探究」のために必要な範囲内においてのものという大前提があった。例えば、ある研究のためにどの施設を割り当てるかといったことや、人事――つまり誰を教授や助教授、研究生にするかといったこと――について、学長が権限を持っているのだ。

裏を返すと、それ以外のこと、例えば人の行動の自由に関することまで学長の権限は及ばない。これは、カレッジがこれまでも夜間は立入禁止であったにもかかわらず、その規則が有名無実化していた実情と合致していた。

しかし今回、シュイム学長は夜間の立ち入りと出歩きをあらためて禁じた。しかも、これに反した場合にはペナルティがあることを明言して。

当然、一定の人々――特に教授の肩書を持つ者から、「学長権限としてはやりすぎではないか」という意見が出された。しかしシュイム学長は「カーネの意思でもある」の一言で、これを突っぱねた。

これに反発が起こらなかったのは、おそらく、カレッジ内の誰もが、すでに学内で次々と起こる惨劇に気付いていたからだろう。学長の指示が意味するところは、まさしく「行動の制限という不利益が課されるほどの何かが、現実に、この島で起こっている」ということに他ならない。具体的な危険があるのならば、学長はその危険から人々を守る義務を負う。だからこそペナルティつきの指示を出す必要があった。

つまり、人々は確信したのだ。

今、カレッジには、何か危険なものがいる、と。

この平和と学問の島を、静かな「恐怖」が支配し始めていた――。

「……わかったよ、セーファ」

しばしの沈黙の後、アスムは折れた。

「調べるのはやめておく。心配させて悪かった。変なことを言ってごめん。全部、忘れてくれ」

「…………」

頬を膨らませていたセーファは、しかし、やがてほっと小さな息を吐くと、アスムに寄り添い、囁くような声で言った。

「わかって、アスム。私はただアスムといつまでも一緒にいたいだけなの。アスムがいなくなったら、私、もう生きていけないんだから……」

「わかってるさ」

アスムは、セーファの肩をそっと抱いた。

彼女の身体は熱を帯び、露わになったうなじが、桜色に上気していた。

「約束して。もうあんな怖いこと、二度と言わないって」

「ああ、わかった。約束する」

「絶対だよ」

「絶対に」

アスムは両腕でセーファの細い身体を力いっぱい抱き締めた。

だが、そう言いながらもアスムは、心の中で疚しさを覚えていた。

——ごめん、セーファ。僕は、嘘を吐いている。

君の言うことは正しい。でも、たとえ君にどれだけ諌《いさ》められても、どうしたわけか僕は、この衝動を抑えることができないでいる。

闇に煌めく、不可思議な瞳。

吸い込まれそうな二つの光点を覗いてしまった、あの日から——。

＊

アマミクと話をしたのは、一昨日のことだった。

クボの事件についてすでに知っていた彼女は、アスムと会うなり断言した。

「セジの仕業ね。間違いない」

「…………」

アスムは、何も答えなかった。

彼もまた、クボの一件はあの二つの瞳の持ち主——すなわちセジによってなされたものであるという根拠なき確信を抱いていた。

それでも明言は避けた。直感的に、そうしたほうがいいような気がしたからだ。

だから、アマミクの次の一言に、アスムはドキリとした。

「死体をみつけたとき、誰かの姿はあった？」

まるでアスムの心の中を覗いたような質問だった。

何と答えよう。ほんの少し逡巡《しゅんじゅん》してから、アスムは首を横に振った。

「……いえ、見ていません。クボを発見したのは、すべてが終わった後でしたから」

「ふうん？」

アマミクは、アスムを値踏みしているような相槌を打った。

咎《とが》められた気がして思わず俯くアスムに、アマミクは続けた。

「確かめられなかったのは残念。でも、遭遇しなかったのは幸運だったかもね。だって、姿を見られていたら、あなたたちも犠牲になっていたかもしれないから」

アマミクの言葉に、アスムは思わず生唾《なまつば》を飲み込んだ。

気づかなかった。あの場にいたのはアスムとセーファだけだった。セジにすれば、クボだけでなく、アスムたちのことを殺すくらい、容易《たやす》かったはずだ。

だが、セジはアスムたちに危害を加えなかった。あの不思議な瞳は、アスムたちを遠くから見つめるだけで満足したのだ。セジのその行動は、意図的なものなのか、単なる気まぐれなのか、それとも――。

考えると、眩暈《めまい》がした。

軽い吐き気《はけ》を覚えたアスムに、アマミクが不意に問うた。

「ところで君、シュイム学長のところには報告に行ったの？」

「えっ……はい、行きました」

「何かおっしゃっていた？」

「ゆっくりと休んで、すべて忘れてしまえと。あんなことがあったので、気に掛けていただいたんだと思います。自警団に調べさせるから、このことは誰にも言わないように、と念を押されました」

「学長はまだ大事《おおごと》にはしないつもりなのね。マダム教授は？」

「いつもどおりです。もしかすると学長から何か聞いているのかもしれませんが……これ以上のことは、僕にはわかりません」

「なるほどね……」

アマミクは、心の中を見透かすような瞳でアスムの顔をじっと見つめながら、それからも矢継ぎ早に問いを投げ、終始会話の主導権を握っていた。

アスムはそのひとつひとつに、少し緊張しながらも、できるだけ正直に答えた——あの瞳のことを除いては。

やがて、ひととおり質問を終えたアマミクは、「……よくわかったわ」と大きく頷くと、一拍を置いてから、唐突に訊いた。

「それで、君は怖くないの？」

「えっ？」

予期しない質問。アスムはしかし、思案してから答えた。

「もちろん、怖いです。つい前日まで元気だったクボの亡骸を見てしまうなんて、夢にも思いませんでしたから……。あんな目に自分も遭うかもしれないと思うと、想像するだけでぞっとします。でも……」

「でも？」

鋭く抉《えぐ》るような問いに、アスムは、わざと無難《ぶなん》な答えを返した。

「……だから見て見ぬふりはできないって思っています。だって、また誰かが犠牲になるかもしれませんから」

「模範解答ね」

アマミクは、口の端を少し上げると、肩を竦めるようなジェスチャーを見せた。

「でも、君にまだやる気があってほっとしたわ。だって、もし君が怖気づいてしまったら、私の目的も果たせなくなってしまう。君にはこれからも、協力してもらいたいと思ってるんだからね」

目的——つまり、復讐だ。

アマミクはまだ、配偶者を殺された恨みを忘れてはいない。

「だからこれからも、もしセジに関する情報があったらすぐに教えて。でも、今後はそれだけじゃ足りないわ。セジの情報を待つだけじゃなく、能動的に調べていく必要がある。アスム、あなたももちろん、手を貸してくれるよね？」

「……はい」

躊躇いながらも、アスムは頷いた。

「ありがとう。そうしたら、定期的に情報を交換しましょう」

「わかりました」

「くれぐれも気をつけてね。あいつは狡猾だから」

「狡猾《こうかつ》……」

その単語で今さらながら、アスムは気づいた。

そう——セジは狡猾なのだ。

狡猾さ。ずる賢さと言い換えてもいい。

例えばセジは、カレッジが寝静まる夜中に動き回り、人々を襲っている。夜行性であるだけかもしれないが、それにしてもまったく目撃されていないのは、警戒心の強さだけではなく、人々の裏を掻く判断力が備わっているからだ。

あるいは犠牲者が鋭利な刃物のようなもので胸を一突きされているのも、少なくともセジが道具を扱えることの証だ。さらには服だけが器用に破かれているという事実も、何らかの意図があることを臭わせる。ただの動物なら、服などお構いなしに犠牲者を屠るだけだろう。

つまり、これらの状況証拠が意味するのは、ひとつ。

セジには何らかの知性があるということ。

だとすればなおのこと、疑問が湧き上がる。セジとは一体、何者なのか。

実は——アマミクに会う直前、アスムは、セジに関するいくつかの問いをカーネに投げていた。

例えば「南極に生き物はいますか」、あるいは「カレッジ内で殺人が行われたことはありますか」、もっと単刀直入に「セジとは何ですか」とも訊《たず》ねてみた。しかしカーネは、それらのすべてにこう答えた。

『あなたにはその質問に関するアクセス権限がありません』

その瞬間、アスムの心の中に、憤懣《ふんまん》としか言いようがない感情が渦巻いた。

——なぜ、僕は何も知ることができないのか？

「……どうしたの？　君」

突然黙り込んだアスムに、アマミクが訝しげに問う。

「いえ、なんでもありません」

アスムは、張り付いたような笑顔を返した。

＊

それからも時折、セジに関する話は聞こえてきた。

正しくは、凄惨な殺人事件の話だ。その話をこっそりと耳打ちする人々は、まだセジのことを知らない。だから、その話をするときにも、あくまで「この島にいるおそらく人ではないものの仕業」か「何らかの不幸な事故の結果」であるという暗黙の前提で語った。中には「珊瑚礁の島に封印された霊的存在によるもの」という、知の探究を生業とする者にしてはあまりに非科学的な理由付けをする者もいたくらいだった。

だが、こうした突飛な話が生まれてしまうのも、人々が未知の事態に恐れおののいた結果であったのだろう。その証拠に、気がつけばそれらの話は、よく耳を澄まさないと聞こえないほど小さな声で語られるようになっていた。人々はすでにこれが直視すべき現実であり、もはや娯楽的なものではないと気づき始めていたのだ。

「私は、彼のことを追ってみる」

カレッジの夜間立ち入りが禁止されて数週間が過ぎた、ある日の夕刻。

アマミクは研究室で、独り言のように、しかし唐突にそう言った。

アスムは、ぴたりと書き物の手を止めた。

そして、心の中で小さく呟いた。やっぱり、アマミクは忘れていなかったのだ。

クボの一件以降、アスムは、マダム教授の研究室にほぼ毎日顔を出していた。研究を続けたいということもそうなのだが、何となく、毎日身体を動かしていないと落ち着かず、研究室へと自然に足が向いてしまっていた。

もっとも、そう感じているのはアスムだけのようだった。シュイム学長の指示もあり、そもそもカレッジを訪れるのを控える人々のほうが多く、キャンパスはいつも閑散としていた。マダム研究室でも毎日、しかも一日中研究室にいるのは、アスムだけだった。セーファはまだ、たまにしか研究室に来ることができなかったし、マダム教授も週に一、二回程度顔を出すだけだった。

一方、アマミクは以前よりもよく研究室に来るようになっていた。元々は勤勉な性格でもあったのだろう。必然的に、アスムがアマミクと顔をあわせる機会が増えていた。

にもかかわらずあの日以降、アスムは彼女とセジについて話をすることはなかった。

アマミクはあれから、ごく普通の「先輩である女性研究生」として振舞っていたし、そういう彼女に対して、アスムのほうからセジの話を切り出すことも、なんとなく躊躇われた。

流れてくるさまざまな噂についても話題にすることさえなく、いつしかアスムは、もしかするとアマミクはもう復讐を諦《あきら》めたのかもしれないとすら思い始めていた。

だが、アマミクは決して忘れていなかった。

「彼を追えば、セジに辿り着く。彼が一番よく知っていたはずだから」

アマミクが再び、真剣な顔つきでそう言った。

意図的に長い間を挟み、心を落ち着けてから、アスムは訊き返した。

「彼とは、ヤブサト助教授のことですね」

「そうよ」

アマミクは即座に頷いた。

「セジを連れてきたのは彼よ。きっと、セジのことも熟知していたはずだし、その習性も、生態も、誰よりもわかっていたと思う」

「でも、ヤブサト助教授は……」

「ええ。もうこの世にはいないわ」

目元に一瞬、悲しげな表情を浮かべたアマミクは、しかしすぐ力強く言った。

「それでも彼が残した研究の痕跡がどこかにあるはずよ。それがあれば、セジを追い詰めることができるかもしれない」

「………」

アスムは、沈黙した。

ヤブサト助教授は、南極でセジを発見した張本人だ。

哺乳類学の研究に資すると考えたから、彼はセジを捕獲し、この島へと連れてきた。当然、セジが逃亡するまでの間も研究を進めていただろう。アマミクが言うように、その記録がどこかに残されているはずだ。だが――。

「ヤブサト助教授は、シュイム学長の研究室に所属しています。助教授が残したものを閲覧したければ、学長にお願いするしかありません。でも……」

「ええ、きっと見られないわね」

アスムの言葉を待たず、アマミクは下唇を噛んだ。

シュイム学長はカレッジの夜間立ち入りを禁じている。アスムたちにも、このことについて誰にも語るなと厳命している。事件を明るみに出すことについて否定的なシュイム学長が、アマミクにすんなりと何かを教えてくれるとは思えない。

しかし、アマミクは声に力を込めた。

「でも手掛かりはゼロじゃないわ。彼はまだ、間接的な情報を残してくれている」

顎に手を当てると、アマミクは手近なウッドチェアに腰かけた。

キィ、とチェアの足が軋《きし》んだ。目を閉じ、微動だにせず思考する彼女の横顔は、まるで彫刻のように美しい。思わず見とれるアスムに、アマミクはややあってから続けた。

「例えば……連れてこられたセジがいた場所。そこを見れば、そこにセジに関する一定の情報が残されている可能性がある。餌や排泄物《はいせつぶつ》があれば食性がわかる。檻《おり》の大きさや強度、壁や床に残された傷を見れば身体構造が特定できる。もしかしたら体液や体毛も残されているかもしれない」

「そうした情報から、セジを追い詰めるということですか」

「ええ。カレッジのどこに隠れているか推測するためのヒントになるわ」

確かに、食性、身体構造、体毛の状態といった情報からは、その生物の生態や好む場所を推測することができる。ひいては、島における居場所を推定することも可能になる。だが――。

「だとすると問題は、セジがいた場所ですね。逃げる前に、奴はどこにいたんでしょう」

手掛かりとなる痕跡を探すにしても、それらが残されている場所がわからなければ、話にならない。

首をひねるアスムに、アマミクは真顔で言った。

「それは、君が知っているはずよ」

「えっ？」

僕が知っているって、どういうことだ？

驚くアスムに、アマミクは、くすくすと笑いながらその理由を述べた。

「初めてここで君と会ったとき、すでに君は、ヤブサトに何があったか知っていたわね」

「え、ええ」

「ヤブサトが殺された直後、その事実を知る者はほとんどいなかった。シュイム学長と、ヤブサトの配偶者だった私、あとはせいぜい、学長の身内であるマダム教授くらいかしら。後片付けをした自警団の人たちは知ったかもしれないけれど、皆、学長が信頼する教授、助教授でしょうから、結局その事実が他の人々に漏れることはなかったはず。……アスムには、私が何を言いたいかわかる？」

「シュイム学長は、とことん秘密にしたってことですか」

「そういうこと。でも、だとすると、おかしなことがひとつ出てくる」

「おかしなこと？」

「わからないかな。だったら君はなぜ、秘密のはずの事件を知っていたの？」

「あっ……」

アスムは、言葉に閊えた。アマミクの真意が、やっと理解できたからだ。

アマミクは、アスムの目を見ながら結論だけを述べた。

「ヤブサトが殺された現場を発見したのは、君ね？」

「……はい」

アマミクはもうわかっている。シュイム学長の指示にしたがい黙っていたが、もう隠し続けるのは難しそうだ。

観念したアスムに、アマミクは被せ気味に訊いた。

「見つけたのは、どこ？」

「旧研究棟の奥です」

「なるほど、あの廃墟《はいきょ》ね。確かにあそこなら人は寄り付かないし、大型の動物を隠しておける部屋もある。あれから君はそこに行った？」

「いいえ」

「わかった。じゃあ、旧研究棟《あそこ》は私が確かめてみる」

決意をするような顔つきで、アマミクは頷いた。

「僕も一緒に行きましょうか」

「大丈夫よ。これは私の役目だから。それに、君にはそれとは別にお願いがあるの」

「お願い、ですか」

「そう。話を聞いてきてほしいの。セジを連れてきた人々に」

「人々……？」

「港にいる、『航海』を生業とする人々よ」

アマミクは、アスムを大きな瞳で見つめながら言った。

「海を越えて大型動物を連れてくるのは、彼らの協力なくして不可能なはず。ならば彼らが何かを知っている可能性は大きいわ。『狩猟』を生業とする人々でもいい、とにかく彼らがセジに関する情報を持っているのは間違いない」

「…………」

わかりました、とすぐには頷けなかった。

だがアマミクは、柔和な笑みを見せながら「無理はしなくていいわ」と言った。

「セジが旧研究棟にいたことを教えてくれただけでも大きな収穫よ。お願いは、君に余裕があるときで構わない。そもそも、セジの運搬にかかわった人々が都合よく港にいるとは思えないしね。まあ……セジのことは別にしても、君にとって、他の生業を持つ人々の話を聞くことは有益だと考えているけれどね」

「どういうことですか」

「彼らは、いつも常識の殻を破ってくれるからよ」

アマミクは、当然のことのように言った。

「私たちは、私たちの価値観で暮らしている。でも彼らは、私たちとは異なる彼らの価値観で生きている。彼らと話すと、同じカーネの庇護《ひご》の下にいても、考えていることがこれほど違うものかと驚かされるのよ。そんな経験を、君もしておくべきだと思うわ」

「それは……興味深いですね」

アマミクの言葉に、アスムの知的好奇心が首をもたげた。

確かに、アスムにはこれまで、他の生業を持つ人々と話した経験がほとんどない。アマミクの言うように、違う価値観を持つ人々との交流にそれほどの驚きがあるならば、ぜひ、進んでその経験をしてみたいものだ。でも——。

「もちろん、話を聞くときには、セジのことを忘れないようにね。あくまでも、そっちが本題なんだから」

アマミクの冗談めいた言葉を聞きながら、アスムはふと思った。

同じカーネの庇護の下にいても、考えていることがこれほど違うものかと驚かされる。

ならば、もしカーネがいなければ、人間の価値観は一体、どれくらいかけ離れてしまうものなのだろうか？

「……どうしたの？」

「いえ、なんでも」

何か、触れてはいけないものに触れてしまった。

そんな気がして、背筋にぞくりと冷たいものを感じながら、アスムは首を横に振った。

*

アスムの顔に、海風が吹きつける。

潮の香りをほのかに纏う、ひんやりとした風だ。心地よさに身体を預けながら周囲を見回すと、視線の先のそこかしこで、額に汗掻き労働する人々の姿があった。

同時に、さまざまな音が聞こえてきた。荷解《にほど》きの紐が麻布に擦れる音。荷車の車輪が地面を削る音。行き交う老若男女の小走りの足音。楽しげな会話。カモメの声。波止場を洗う波の音。

この島の住人と、この島の住人でない者とが、調和の中で共存し、働いている。

僕はたぶん、この港が好きだ――アスムはそっと、心の中で呟いた。

珊瑚礁の島の西は、流れの速い海流が島側に向かって流れ、海底が深く抉れている。すぐ傍には突き出た岬もあり、これが防波堤の役割を果たすことから、遠い昔この場所に港が築かれた。桟橋の朽ちた木片や、度重なる圧力に岩石化した浜辺の轍《わだち》。それらが、港の歴史の証人であるように思われた。

停泊する船は、今は十艘《そう》あまりが見えた。

現代の船は、太陽光発電を利用した電気船が主流だ。電気船以外にも、黒い煙を吐くディーゼル船がある。のんびりと物資を運ぶ大型船には前者が、急いで目的地に向かう必要がある小型船には後者が活用されることが多い。もっとも、現代の人々はディーゼル船をあまり好まない。そうした機械は、資源を過度に消費し、環境を汚《よご》すからだ。

事実、今見渡す限り、珊瑚礁の島の港に停泊しているのはすべて電気船だ。

大きい平屋根に、磨《みが》き上《あ》げたラピスラズリのような美しい色の発電パネルを備えた電気船は、十艘も並べば壮観な光景を作り出す。次の航海に向けて充電している彼らも、明日には「航海」を生業とする人々の舵取りでこの島を発《た》つ。もちろん、空いたスペースにはまた次の船が、物資を載せて入港してくるに違いない。

そうした船のひとつから、今まさに人々が荷を下ろしていた。

穀物だろうか。大きな麻の袋に入った何かが、次々と運び出されている。運んでいるのは体格がよい男たちで、明らかに珊瑚礁の島の人々ではないとすぐにわかる。おそらく彼らは「運搬」を生業とする人々だろう。手際よく荷を肩に乗せ、不安定なはしけを小走りで移動できる技能を持つのは、彼らしかいない。

こうして、航海を生業とする人々が船を操作し、運搬を生業とする人々が物資を移動させることで、知の探究を生業とする珊瑚礁の島の人々は不足を覚えることなく暮らすことができる。知の探究を生業とする人々が得た知識も、再びさまざまな人々に還元され、人類はより知的で住みやすい世界を築いていく。カーネが統治するこの世界は、自らの生業に忠実に生きる人々による徹底した分業とサイクルによって成り立っているのだ。

「ねえ、どうする？」

　アスムの横で、セーファが、きらきらと目を輝かせた。

「そうだね……まずは市場に行こうか」

「いいね！　私、新しいペンとインクを揃《そろ》えたかったんだ」

「スカートはいいのかい。前、新しいのが欲しいって言ってなかった？」

「うん、いいの。よく考えたら、もう何枚か持ってるし、今あるので十分かなって……あ、でもやっぱりアクセサリーは欲しいかも。見ていってもいい？」

「もちろん」

　やった！　と頬にえくぼを浮かべながら、セーファは小さな身体全体で喜びを表した。

「僕も、ちょっと寄りたいところがあるんだけど、いいかな」

「どこ？」

「船を見たいんだ。モーターの構造に興味があって……あ、セーファはその間、どこかで休んでいていいからね」

　アスムはごく自然に、それとなくひとりになるための口実を述べた。

――今朝、港に行こうと切り出したのは、アスムだった。

最近は家か研究室にばかり籠《こも》っているし、気分が滅入《めい》ることも多かった。たまには遊びにいこうよ――休学日を見計らい、そう言ってセーファを誘ったのだ。クボの一件以降、カウンセリングにもかかっている彼女のことが心配だったからだ。もちろん、それ以外の理由もあるが――。

アスムの誘いに、セーファは少し考えてから、「いいよ、行こう」と同意した。

表情を見る限り、彼女の心は落ち着いているように見える。もちろん、彼女の脳裏に深く刻まれた二つの死体――ヤブサト助教授とクボの、あの惨《むご》たらしい姿――は、そう易々《やすやす》と忘れられるものではないだろう。それでも――。

「……さあ、行こうか」

少しでも、気分転換になればいい。

アスムは、セーファの手を引き、人々の活気に満ちた市場のほうに向かっていった。彼女の手のひらは、ほんの少し汗ばんでいて、ほんの少し冷たかった。

＊

「いいのはなかったね……」

ひととおり市場を回ったセーファは、残念そうに肩を落とした。

市場はさほど広くはないが、出店も含めれば店はいくつも出ている。お気に入りの文房具はどうやら見つけることができたようだが、アクセサリーは、気に入るものがなかったらしい。

「よさそうなのはあったんだけど、ちょっと高かった……」

「仕方がないよ。またお金を貯《た》めればいいさ」

「うん、また一緒に来ようね」

セーファはすぐ、気を取り直したように笑顔を見せた。

珊瑚礁の島も含め、この世界には共通の通貨がある。島の中だけでなく、世界中どのコミュニティに行っても通用するものだ。

食料や水といった生きるために必要なものは、どこにいっても無償で提供されている。したがって通貨は、もっぱら日用品や嗜好《しこう》品の流通のために使用されていた。珊瑚礁の島においては、カレッジから毎月、一定額の通貨が支給されていて、これを貯めれば、欲しいものを自由に購入することができた。購入は簡単だ。この世界のどこにでもいるカーネにアクセスすれば、自動的に所持金の決済を行ってくれるのだ。だから、通貨に対応する貨幣や紙幣は、もうこの世界には存在せず、それらは過去の歴史で学ぶものに過ぎなかった。

物品の価格は、その価値や希少性に応じて定められていた。

だから、セーファのように、よさそうだけど高いから買えないということはままあった。

もっとも、彼女も、アスムも――というより珊瑚礁の島も含めた全世界の人々がそうなのだが――欲しいものを欲しいときに是が非でも手に入れたい、あるいは独占したいというような、いわゆる「物欲」が、それほどあるわけではなかった。なければないで充足していたし、物が「ある」「ない」で自分自身が何か変わるわけではないことを知っていたのだ。そもそも店で買えるようなものは、各人の生業とはあまり関係がなく、必需品というものでもなかった。

要するに、この世界の人々にとって、物とはモノ以上の何物でもなく、あえてその対象に彼ら自身が特別な意味を与えたとき以外には、まず固執する対象とはならない、単なるモノにしか過ぎなかったのだ。

「……そういえばアスム、さっき船を見たいって言ってなかった？」

「ああ。セーファも行くかい？」

「ううん、私は待ってるね。疲れちゃったから。ごめんね」

セーファは、肩を竦めた。

「いいよ。気にしないで休んでて」

むしろ、そうしてくれていたほうが助かる——セーファに吐く嘘に仄《ほの》かな罪悪感を覚えながら、それが顔に出ないように注意した。

「ありがとう。私は向こうの広場のベンチにいるから、アスムはゆっくり見学してきてね」

「わかった。また後で」

手を振ると、アスムはセーファと別れ、市場の雑踏に紛れた。

行く先は決まっていた。

アスムは迷うことなく、目的の場所——桟橋へと向かっていった。

＊

桟橋では、身体の大きな運搬を生業とする人々が、勤勉に働いていた。皆、のっぽのアスムよりもさらに背が高く、体格も一回りは大きい。肉体を使って働くことを使命として生まれてきた人々は、怪我から体幹を守るための厚手のシャツに、動きやすさを重視した短めの腰布を下半身に巻き、大汗を掻きながらも、実に楽しそうに、次々と荷を船から運び出していた。

その船の舳先《へさき》にひとり、若い男が腰掛けていた。

航海を生業としている男だと、アスムは洞察した。荷を運んでいる人々とは雰囲気が違うし、服装も少し異なっている。背はさほど高くないが、筋肉で引き締まった身体つきやよく日焼けした肌は、長い時間を船の上で過ごしてきたことによるもの。神経質そうな目元も、刻一刻と変わる海の機嫌を読み続けていることの証だ。

「この船の方ですか」

アスムは、水平線をじっと見つめていたその男に、桟橋から声を掛けた。

男はすぐ、眼下にいるアスムに気づいた。

「おう。そうだよ。『航海』を生業にしている者だ。君は誰だ？」

「この島の住人です」

「てことは、『知の探究』の人か。確かに君、頭がよさそうな顔をしているな」

朗《ほが》らかな笑顔を見せると、男は、二メートルは高さがありそうな舳先からひらりと桟橋に飛び降りた。着地するときに一瞬だけ見えたふくらはぎが、見惚れるほどにしなやかだった。

「俺に何か用かい？」

「あ、いえ、実はちょっと聞きたいことがあって」

「暇潰《ひまつぶ》しか？　大歓迎だ。ちょうど話し相手が欲しかったところだ」

男は、右手を差し出す。

「俺はイル。君は？」

「アスムです」

アスムも、すぐにその右手を握り返す。イルの手のひらはごつごつとしていて、アスムよりもはるかに握力が強い。

「アスムか。この島の人々っぽい名前だな。よろしく。……で、聞きたいことっていうのは？」

くだけた調子で、イルは言った。

近くで見れば、イルの顔つきにはまだ幼さが残っている。同い年か、または一、二歳年下かもしれないと思いつつ、アスムは敬語のままで訊ねた。

「いや、大したことじゃないんですけれど……最近、何か珍しい荷を運ぶことがなかったか、知りたくて」

「珍しい荷？　ざっくりしているなぁ。例えば？」

「その……イルさんがこれまでに船に乗せたことがないような珍しいもの、だとか」

「珍しいもの、ねえ……」

イルは、顎に手を当てると、片目を閉じた。

「いや、特にはないなあ。というか、正直に言うとわからないんだけど」

「そうなんですか？」

「俺たちの生業はあくまで航海だからな。積荷《つみに》のことはあまり気にしていないんだよ。荷は麻布で覆われていて、ぱっと見じゃ中身もわからないしね。もし中身のことが知りたければ、彼らに聞いたほうが早いかもしれないぞ」

イルは、桟橋を行き来する運搬を生業とする人々を親指で示した。

少し考えてから、アスムは質問を変えた。

「でしたら、雰囲気だけでもわかりませんか。例えば、大型動物を運んだことがあった、とか」

「それだったらわかるな。動物を乗せれば荷に気配が生まれる。あいつら動くし、鳴くからね。そもそも明らかに『人』じゃない臭いもするしな。でも……」

イルは、両手をひらひらと宙に舞わせるような仕草を見せた。

「残念だけど、ここのところ、そういうのを乗せたことはないな。大きいのも、小さいのもな」

「そうですか……」

アスムは少し、肩を落とした。

大型動物——すなわちセジに関する情報を、船乗りならば何か知っているのではないかと思ったが、当てが外れたようだ。

「悪いね、力になれなくて」

落胆するアスムを、イルは慰めた。

「こちらこそ、すみませんでした。ありがとうございます」

「礼には及ばないさ。それより、半年にいっぺんくらいここの港に寄るから、見つけたらまた声を掛けてくれよ。変わった場所に行く仲間もいるし、そのときには新しい情報が手に入っているかもしれないからな」

「変わった場所……？」

ふと思いつき、アスムは何気なく問う。

「もしかしてそれ、南極ですか」

「えっ？」

一瞬、イルの目元が神経質に二度、痙攣《けいれん》した。

何か知っている？　間髪を入れずにアスムは問う。

「南極について何かご存じなんですね？　何かを運んだり、見つけたり、あるいは……」

「ちょっと待て、待て」

イルが、狼狽《ろうばい》の表情を浮かべ、一歩後ずさる。

「教えてください。僕はそれが知りたいんです。お願いですから！」

間合いを詰めるように、アスムは一歩前に出た。そんなアスムを制止するように両手を前に出すと、イルは声を荒らげた。

「待てって言ってるだろ！　もう……俺が何も言っていないのに、なんでがっつくんだ」

「もう言ったようなものです。目を見ればわかりますから。イルさん、南極について何か知ってるんでしょう？」

「……学者になる奴ってのは、人の心を読む力でもあるのか？」

困ったような顔で、イルは頭を掻いた。

それから、ひと呼吸を置くと、アスムから目を逸《そ》らしつつ、続けた。

「ひとつ、あらかじめわかっておいてもらいたいんだが……航海を生業とする俺たちには、共通の禁忌がある。それは、『行ってはいけない場所のことを、言ってはいけない』というものだ」

「行ってはいけない場所のことを、言ってはいけない」

「そうだ。俺たちは生業として、依頼に応じていろんな場所に行く。だが、そんな場所の中には行っ、行っ、行っ、てはいけない、い、い、い、と、とされているところがいくつかある」

「不浄の地？」

「それもあるな。だが、不浄じゃなくとも行っちゃいけない場所もあるんだよ。古《いにしえ》の神々が住まう土地だとか何とか、まあいろいろとな……」

イルは、神妙な顔つきになった。

「もちろん、そういう場所でも依頼があれば行くさ。それが生業ってもんだからな。だが、だからこそ、それに関わる話をおいそれと人にしてはいけないことになっているんだ。とりわけ、俺たちのコミュニティ外にいる、お前のような人間に対してはな」

先刻までとは打って変わったような小声で、イルは言った。

「それが、イルさんたちの禁忌……」

「そうだよ。だから勘弁してくれないかな。南極の話は」

「嫌です」

懇願するようなイルに、しかしアスムは、即座に首を横に振った。

「イルさんが知っていることこそ、きっと、僕が知りたいことだと思います。そう簡単には諦められません」

「そう言われてもな。言っちゃならない決まりなんだ。諦めろ」

「諦めません」

アスムは、逃げようとしたイルの前に立ち塞がるように、さらに一歩前に出た。

「このチャンスを逃すわけにはいかないんです。イルさん……教えてください。南極で何があったのかを。誰にも言いませんから！」

「まいったなぁ……」

イルは、困ったように顔を伏せた。

ヒュッと、アスムとイルの間に突風が走る。不穏さが紛れたそれをやり過ごすような数秒を置いてから、ようやく、イルは言った。

「お前の気持ちは理解するよ。よくわからんが、何か事情があるんだな。だが俺も、仲間と掟は裏切れない。繰り返すが、これは禁忌なんだよ」

「………」

やはり無理か——諦めかけたアスムに、しかしイルは続けた。

「だが、お前が仲間になるなら、話は別だ」

「どういうことですか」

「アスム。お前、俺の仲間になれ。そうすればぎりぎり禁忌には触れずに済む」

イルが真剣な瞳でアスムを見た。

「仲間……そうなればいいのでしょうけれど、生業を変えるのは不可能です」

「そこまでは言っていないさ。お前みたいなヒョロ長いやつは船乗りには不向きだし、こっちから願い下げだ。そもそもカーネも許さないだろ。俺が言ってるのはな、秘密を共有できるだけの代償を支払って、お前が俺と仲間であることの証にするってことだ」

イルは、ごそごそとポケットを探ると、何かを取り出した。

アスムは、思わず目を見張った。

太陽の光を受け、ぎらりと輝く銀色の装飾品《アクセサリー》。優美に湾曲するその表面に、見たこともないほど細かい彫刻が、びっしりと施されている——。

「……それ、ブレスレットですか」

「ああ。どうだ、綺麗だろう？『赤土の島』の人々から貰い受けたものだ。材質は上等なプラチナでできている逸品さ。彫り師も、向こうじゃ名のある人間だそうだよ。君たちの島でいう教授職と同等の職人さんだ」

　確かに、こんなに緻密《ちみつ》な意匠が施されたものは初めて見る。

　美しさと、精巧さ。思わず溜息を吐くアスムに、イルは、唐突に言った。

「アスム。これを俺から買え」

「えっ？　僕がですか？」

「そうだよ。これを、俺と秘密を共有することに対しお前が支払う代償とみなす」

　なるほど、二人が秘密を共有する証として、このブレスレットの売買を行う。それによって、間接的な秘密契約を結び、仲間になる、ということか。

「わかりました。いくらですか？」

「はは、聞いて驚け」

　イルが、値段を口にした。

「えっ、そんなに？」

　思わず息を飲んだ。

　目玉が飛び出そうなほど高額だったからだ。これまで何年も掛けて貯めてきたお金で、やっと買えるかどうか――。

　しかしイルは、当たり前のように続けた。

「ビビったか？　まあそうだろうな。だが仲間になるってのは、それだけ重いことなんだぜ。もちろん、この品物そのものにも、相応の価値はあるんだけどな。さて……やっぱりやめとくか。

俺は無理しない方がいいと思うぜ。うん。それが賢明な判断というもの……」

「いえ……買います」

「……えっ？」

イルは、自分でふっかけておきながら、意外そうな顔をした。

「待てよ、本気か？　俺はビタ一文まけないぞ？　そもそもお前、金は持ってるのか」

「はい。たぶんなんとかなります。この辺りにカーネと話ができる場所はありますか？」

「お……おう、確か向こうの桟橋に行けば呼び出せるが……」

イルが、少し戸惑いながらアスムをその場所に案内した。

アスムは素早く、彼女を呼んだ。

「カーネ、いるか？」

『はい、なんでしょうか』

「ここにいるイルから、ブレスレットを購入したいんだ。僕の貯金で足りるかな。代金は……」

アスムが値段を述べると、カーネは言った。

『購入できます』

「じゃあ、イルに支払ってくれ」

一秒を置いて、カーネが言った。

『決済しました』

「嘘だろ……」

イルが、アスムの顔をあんぐりと口を開けて見た。

「驚いた。はったりのつもりだったんだが、まさか本当に買っちまうとは」

「いいんです。これが僕の覚悟だと思ってもらえれば」

「覚悟、ね……」

イルは、しばし呆れたようにアスムのことを見ていたが、やがて真剣な顔つきで、そっと、ブレスレットを手渡した。

「本当のことを言うとな、俺にとっては金なんか問題じゃないんだ。ブレスレットを契約の依代《よりしろ》にする必要があるとも思ってねえ。そもそも俺がお前にブレスレットを売りつけた後で、何も言わずにこの場をトンズラしたっていいわけだ」

「待ってくださいよ、それじゃあ困る」

「わかってる。約束は約束だ」

苦笑しながら、イルは肩を竦めた。

「覚悟を見せられちゃ、船乗りとしては裏切るわけにはいかねえ。今度は俺が覚悟を見せて、秘密を明かす番だ。俺の知っていることをすべて話すよ」

「ありがとうございます」

「ただし！　ひとつ約束してくれ。しつこいようだがこの秘密は禁忌に触れる。お前は仲間だから教えるが、絶対に他の誰にも漏らすな」

「『行ってはいけない場所のことを、言ってはいけない』……ですね？」

「いい記憶力だ。さすがは知の探究者だ」

ハハッ、と弾けるように笑うと、イルは一転、声を潜めた。

「これは、しばらく前に俺の師匠が受けた仕事の話だ」

＊

——目的地は、南極。

その依頼を受けたとき、イルの師匠に当たる彼は、一度は断ったという。

航海を生業とする「鳴き砂の島」の人々の間には、禁足地とされている場所がいくつかあった。なぜ行ってはいけないか。それは、古の神々が住まう土地だから——などと語られることもあったが、もちろんこれは方便だ。実際には、他の場所に比べると相対的に危険であり、不用意に赴くと帰ってこられなくなることが多いという経験に基づいている。例えば、ある海域では天然ガスが突発的に発生し、船が浮力を奪われて沈没するということがよくあった。こうした場所が、過去の苦い経験を踏まえて禁足地とされているのだ。

加えて、禁足地を人に伝えることも禁忌とされていた。これは不用意に口にすることで却ってその人の興味を誘い、危険に追い込んでしまう可能性があるからだ。

だからこそ、南極も「行ってはいけない場所」とされていた。容易に氷点下になる海域では、氷に閉ざされ身動きが取れなくなる可能性がある。だから彼は、明らかな危険を回避するため、

「そこは神々の住まう禁足地である」という方便を用いて断ったのだ。

しかし、依頼主はしつこく何度も依頼を重ねてきた。

その都度彼は、方便だけではなく、南極の危険性、つまり二度と帰ってこられなくなる可能性があることや、想像以上に過酷な環境の場所には生半な好奇心で行ってはいけないことを説いた。だが依頼主は、むしろ南極という場所には途方もない価値があり、危険を押してでも行くべきなのだと反論した。

結果——彼は折れた。依頼を受託したのだ。

航海を生業とする者の意地か、あるいは依頼者の熱意に負けたのか。いずれにせよ彼は、半年に亘る南極航海において、傭船《ようせん》の船長として依頼主と行動を共にすることとなったのだ。

彼は当初、ディーゼル船を用いた高速航海を提案した。だが依頼主は「ディーゼル船には大人数は乗れないからだめだ。それに、場合によっては積荷の状況にも影響が出るかもしれない」と、電気船を就航させるべきことを望んだ。結果、航海は往路に三ヵ月弱、復路にも三ヵ月が掛かる長旅となったが、依頼主はあまり時間のことは気にしていないようだった。

時間よりも大切なものがある。そう依頼主は笑いながら言った。

「……そんなこんなで、師匠は船を操り、南極に到達した」

イルは、神妙な表情のままで淡々と続けた。

「依頼主は別に十人ほどの人々を連れていて、彼らとともに南極を探索しに出かけていった。師匠は天候の急変に備えながら、依頼主の帰還を船で待った。探索には何週間もかかる計画だったらしいが、早くに目的が達成できたのか、依頼主は三日後には戻ってきてしまった。で、すぐに南極を発つことになった」

「三日間、依頼主は何をしていたんでしょう。ずっと探索を？」

「それはわからん。師匠もそこまでは見ちゃいないからな。だが、師匠が言うには、戻ってきた彼らは、行くときには持っていなかった大きな荷を積んでいたそうだ」

「荷……具体的には？」

「わからない。師匠も、その荷が何だか気にはなったが、あえて訊かなかったと言っていた。訊いちゃいけない雰囲気を感じたらしい」

セジだ。間違いない。

アスムの直感が、そう告げた。依頼主もおそらく、ヤブサト助教授だ。

「そこからさらに三ヵ月。師匠は無事、依頼主を元いた場所に荷とともに送り届けた。夜中のことだったらしい。受け手は依頼主のほかにもうひとり男がいて、暗闇《くらやみ》にも目立つ青メノウのペンで受領のサインをしたのが印象的だったそうだ。こうして師匠は仕事をまっとうすることができた。……以上、これが俺の知るすべてだ。納得できたか？」

「……………」

アスムは、返事をしないまま、顎に手を当てて考え込む。

依頼主は、ヤブサト助教授のほかにもうひとりいたのか？　それは、誰だ？

急に考え込み始めたアスムの姿を見て、イルは、小さく肩を竦めた。

「まぁ、お前が納得できたかどうかは重要じゃないな。大事なのは、お前が大金を払って俺と秘密を共有したという事実だ」

イルは一瞬、思い煩うような薄い笑みを浮かべると、なおも無言のままのアスムを諭すように、静かに言った。

「秘密にはいつも、それ相応の代償が伴う。お前は今、それを学んだんだ」

＊

イルの件、すぐアマミクに報告しなければ。

気が急《せ》くアスムだったが、皮肉なことにその日からしばらくの間、彼はアマミクに会うことができなかった。

アマミクがマダム教授の研究室に、急に顔を出さなくなったからだ。

嫌な予感がした。

旧研究棟《あそこ》は私が確かめてみる。アマミクが決意に満ちた表情とともに発したその言葉どおり、彼女は旧研究棟に赴いたのだろうか。そして彼女は、何かを見つけたのだろうか。例えばセジを、あるいはセジに繫がる何かを。もしやそのせいでアマミクの身に何かが起こったのではないか。だから会えないのではないか。

思考が、より悪い方へと螺旋《らせん》を描きながら落ちていく。

渦巻の中心で睨みを利かせるのは——やはり、あの瞳だ。

不思議な色が、今は想像の中、朱色と鈍色《にびいろ》を混ぜたような混沌《こんとん》とした色合いを湛《たた》えている。

想像するたび、ゾッと戦慄が背中を立ち上る。

これじゃあまるで、蟻地獄《ありじごく》だ——たまりかねたアスムは、マダム教授にアマミクについて尋ねた。

「最近アマミクさんを見ませんが、彼女はどうしているんでしょうか？」

マダム教授は、心配するように眉尻《まゆじり》を下げつつ答えた。

「ああ、詳しくは聞いていないけれど、アマミクさんからまたしばらくお休みしたいって連絡はあったわね」

「そうなんですか」

「やっぱり、まだショックから立ち直れていないのかしらね……」

連絡があったということは、少なくとも、アマミク自身は無事だということだ。しばらく休んでいるのも、きっと、アマミクなりの考えがあってのことなのだろう。

アスムはようやく、少しだけ安堵できた。

＊

当のアマミクが、気を取り直したアスムの前に現れたのは、それから数日後のことだった。

その日の前夜、珊瑚礁の島からは部分月食が観測された。

天体ショーは、知の探究を生業とする珊瑚礁の島において、人々の知的好奇心を刺激するイベントのひとつだ。生物学だけでなく、宇宙の摂理にも興味を抱くアスムもまた、家から夜通し地球の影を映す月の姿を眺めていた。

お陰でひどい睡眠不足となり、翌日の研究室で少しうとうととしている最中——。

彼女が、ふらりと現れた。

「あっ、アマミクさん！」

「こんにちは、アスム。元気だった？」

アマミクは、しばらくの不在などなかったかのように、にこやかに話し掛けてきた。

「ええと、その……大丈夫でしたか？」

訊き返しながら、アスムは、無遠慮だなと思いながらもまじまじとアマミクを見つめた。

ウェーブする金髪。左右対称に整った顔。白い長袖《ながそで》のワンピース越しにうっすらと透けて見える見事なプロポーション——彼女には以前と何も変わったところは見られない。

アマミクは、笑いながら答えた。

「大丈夫よ？　どうしたの、いきなり」

「あっ、いや……しばらくアマミクさんが研究室にこられなかったんで、どうしたんだろうと気掛かりで。まさか何かあったのかと」

「心配してくれたのね。ありがとう」

アマミクは、魅力的な目を細めた。

「実はね、昼間の時間は調査に当てていたの。夜の立ち入りが禁じられているでしょう。それに、セジのこれまでの行動を考えても、昼間のほうが安全に思えたしね」

「確かにそうですね」

アスムが納得したのを見てから、アマミクは改めて、申し訳なさそうに言った。

「でも、ごめんね。しばらく不在にすることを、少なくとも君にはあらかじめ伝えておくべきだった。本当に申し訳ないわ」

「あ、いえ、謝られるようなことじゃ……」

心配はしたけれど、アマミクを責めるようなことじゃないのだし——両手を振って否定するアスムに、今度はアマミクが訊いた。

「ところで、君の方はどう？　何か港でいい話が聞けた？」

「あっ！　そうでした。会ったらご報告しようと思っていたんですけど……」

アスムは身を乗り出すと、矢継ぎ早に述べた。

港で、航海を生業とする船乗りイルに出会ったこと。

イルから、彼の師匠が受けた依頼について——高い代償のことはさすがに話さなかったが——聞き出せたこと。

その依頼とは、彼らにとって「行ってはならぬ」禁足地である南極へと、航海するものであったこと。

そして依頼主たちは、南極から「大きな荷」を持ち帰ったこと。

今まさに自分が「秘密を漏らさない」という契約を破っていることに罪悪感を覚えながらも、アスムは、彼が港でイルから何を聞いたのか、アマミクへとつぶさに伝えた。

アマミクは、アスムの報告を頷きながら聞いていたが、やがてアスムがすべてを説明し終えると、しばし考え込んだ後で、一言だけ述べた。

「……よくわかったわ。ありがとう」

その反応が、アスムには少し意外に思えた。思ったよりも、あっさりとしていたからだ。

もう少し興味を持たれてもいい話のはずだが——もしかすると、アマミクがすでに知っている内容だったのだろうか？

戸惑うアスムの内心を見抜いたように、アマミクは言った。

「大丈夫。今、アスムが教えてくれたことは、私にとって初めて聞く未知の情報よ。本当に助かるわ」

「そうですか、それならよかった……」

「だから……驚いたわ」

「積荷の話ですか」

「ううん。君のこと」

アマミクが、瞬きすることなくアスムを見つめた。

「本当にそこまで私に協力してくれるなんて思わなかった」

「えっ？　なぜですか」

「君にはそこまでする理由なんてないでしょう？　確かにヤブサトとクボの第一発見者だった君にとっては他人《ひと》ごとではない話だけど、君自身は本来、事件とは関係ないはずよ。だとすると、こんな危険なことからは距離を置くのが合理的な判断というものでしょう？」

確かにそうだ。アスムには本来、そこまで危険を冒す理由はない。

真実を調べるためには、アスムが自ら危険に飛び込まなければならない。でもそうすれば、アスムがヤブサト助教授やクボと同じ目に遭うかもしれない——セーファに指摘されるまでもないことだ。

けれど、それでもアスムは、この話に首を突っ込み、アマミクに協力した。

それは、なぜか？

理由は明白だ——アスムはもう、自覚してしまっているからだ。

あの瞳に——敵意か、憎悪か、恐怖か、あるいはそれ以外の何かを宿す、あの不思議な色をした二つの瞳に、すでに魅了されていることを。

そう、それを真っ向から覗いてしまったときから、僕は知りたくてたまらなくなっているのだ。

あの切実に訴えてくる色彩がもたらす、この心のざわつきの意味を。

「……でもいいわ。余計な詮索《せんさく》はしない。だって君は、私の期待に応えてくれたんだから。それだけで十分よ」

アマミクが、不意に黙り込んだアスムを気遣った。

「そうそう、私の情報もアスムと共有しなきゃね。あれから、私の方でも色々見つけたものがあったの。……知りたい？」

「もちろん」

アスムは、ハッと顔を上げた。

「何を見つけたんですか？」

「体毛よ」

「本当ですか！　それって……」

「ええ。十中八九セジのものだと思うわ」

アマミクはゆっくりと顎を引いた。

「色は焦茶《こげちゃ》色。長さは三十センチほど。太くて少しウェーブがかかっていたわ。傷み過ぎて何の毛かまではよくわからない。でも……」

「哺乳類、ですね」

「そうね、間違いない」

アマミクは、首を動かさずに肯定した。

「節足動物の一部には、毛のようなものを持つ種類もある。でも、これほどの大きさにはならないわ。しかも三十センチも長さがあるとなると……」

「かなり大きい」

「そうね。人間以上の体長を持つ、大型の哺乳類ね」

そこまでの大きさの動物はこの島にはいない。セジのもので確定だろう。

何より、アスムがあのとき感じた、セジの存在感の大きさと合致する。

一拍を置いて、アスムは問うた。

「人間以上、ということは……人間もその中に入る？」

「どうかしらね」

アマミクは、曖昧《あいまい》に首を横に振った。

「肯定したくはないわね。私たちが知る人間は、あんな暴力はふるわないはずだから」

「………」

そうですね、とはっきり答えられないアスムに、アマミクは続けた。

「もちろん、暴力を平然と行使する『特殊な人間』の存在は否定しないわ。でも、そんな例外を考えるよりも『普遍的な動物』を想定するほうが合理的ね。動物は本能的に暴力を行使する。そうでなければ自然界で生き残れないから」

確かにそれは、弱肉強食という自然界の大原則でもある。

「いずれにせよ、体毛に価値があるのは間違いないわ」

「今、それはどこに？」

「私が保管してる。今度、機会があったら見せてあげるわね」

ニコッと頬にえくぼを作りながら、アマミクは続けた。

「体毛は、無人の旧研究棟で見つけたの。一本だけじゃなく、いくつも点々と、地下の部屋に向かって落ちていた。それで調べてみたら、ある一室で、埃が積もったコンクリートの床に動物が動き回っていた跡があった」

「それは、セジの？」

「ええ。行動の痕跡よ」

無意識に唾を飲み込みつつ、アスムは続けて訊いた。

「採餌《さいじ》や排泄の跡はありましたか？」

「どちらもなかったわ。少なくとも旧研究棟の地下にエサになるようなものはどこにもなかった。排泄も、建物の中ではしなかったのかもしれないし、排泄痕《こん》を残さない習性を持つのかもしれない。でも……そもそも排泄の必要性がなかったんじゃないかと私は考えている」

「それは、つまり……」

「そう。セジは、あの場所で極度の飢餓状態にあった」

アマミクは一拍を置いてから続けた。

「その上で、私はこんな仮説を立てた。……セジは当初、人間を襲い食料とすることを試みた。ヤブサトもその犠牲になったのかもしれない。けれど、人間は食料にはならなかった。セジの食性とはまったく合わなかったからよ。何度も人間を襲ったけれど、結果は同じだった。やがてセジは、エサが摂《と》れず、栄養失調に陥《おちい》る」

「衰弱する」

「そして森に逃げた。そちらの方が、エサがあると思ったから」

「そこには、セジのエサになるようなものがあった？」

「わからない。でも、南極とこの島とでは、あまりにも気候が違い過ぎる。セジが食べられるエサが森にあったとは思えないわね」

確かに、極寒の南極で得られるものと同じエサ——あるいは、エサにできるもの——が、温暖なこの島にあるとは考えにくい。

「ということは……セジは、どうなったのでしょう」

「死んだ、と思う」

アマミクは、神妙な口調で言った。

「死んだ……」

「私は、そう結論付けている。傍証もあるわ。ほら、ここ一週間ばかり、誰かが襲われたっていう噂を聞かなくなったでしょう」

「あっ、確かに」

言われてみれば、セジの仕業と思われる事件は、以前のような噂になっていない。

少なくともアスムは、そういう話を聞いてはいない。

「なぜ、人々が噂をしないのか。もちろん、人々が不正確な情報を不用意に喧伝《けんでん》するのを避けて、正しい情報だけを口にするようになった可能性はある。でも、もっとシンプルな理由で説明した方が合理的よ。つまり……」

「誰も襲われていない」

「そのとおり。では、なぜ誰も襲われていないか？　それは、人々を襲っていたセジがすでに存在していないから。すなわち、死んでいるから。どうかしら、この推論は」

「…………」

アスムは、返答に悶えた。

あれだけこの島で人々を――ヤブサト助教授、そしてクボを――殺した暴力の獣であるセジが、すでに死んでいる。

アマミクの推論。その可能性は、確かに高いように思われる。エサも食えず、排泄さえできないような状態では、生物は死ぬのを待つばかりとなるだろう。

しかし――それでもやはり、疑わしい。本当にセジは死んでいるのか？

「……証拠を見つけておく必要はないでしょうか」

アスムは、少し困惑しながら提案した。

「セジが死んだかどうか、間接的な証拠ではない、直接的なものが必要だと思います。例えば、セジの死体が見つけられれば、その証拠になります」

森の中にあるのか、どこか他のところにあるのかはわからないが、それこそが何よりの証拠だ。

しかしアマミクは、「そうね……」と、気乗りしなげに首を傾げた。

「私もそれがいいとは思っているわ。でも……正直に言って、少し迷ってもいる」

「迷っている?」

「ええ。はたしてこれ以上セジを追うべきかどうか……」

憂いを帯びた皺を眉間に寄せるアマミクに、アスムは、訝りながら問う。

「それは、森を探索するべきではないってことですか? ああ、わかった、セジが生きている可能性が否めないから危険だと」

「えっ?」

「いいえ、そういうのじゃないの。あのね……私は少し、考え直しているの」

後ろめたそうに目線を逸らしつつ、アマミクは、躊躇いがちに言った。

「もう、セジ《あれ》を追うのはやめたほうがいいかもしれない」

「……どういうことですか、それ」

アスムは、大きく身を乗り出した。

「まさか、もう調査はしないってことですか。ヤブサト助教授の仇《かたき》を討つのは、もう止めてしまうんですか。復讐するって言っていたのはアマミクさんじゃないですか」

「アスム、その言い方はまるで、君が復讐を望んでいるみたいよ」

「そういうわけじゃないですけど」

「なら、いいじゃない」

「でも」

「……複雑なの」

アマミクは、アスムの言葉を遮るようにして言った。

「私の中で、二つの思いがぶつかっていて、どうしたらいいかわからない。君を混乱させているのはわかるけれど、そもそも当の私自身が矛盾しているような気がしていて……ごめんね。何を言っているのかよくわからないでしょう？　でも、私は自分自身に嘘が吐けない。だから……複雑。そうとしか言いようがないの」

「…………」

アマミクは、憂うような笑みを口の端に浮かべた。

アスムは混乱した。一体、彼女は——何を言っているのだろう？

アマミクの中で、二つの思いがぶつかっている。つまり、何か矛盾した二つの思考が同時に起きている。そのひとつは復讐だろう。だとしたら、もうひとつは——？

不意に、アマミクが長い金髪を無意識にさらりと掻き上げる。艶のある髪が、さらさらと絹糸のように流れていく。

その、掻き上げた右手の袖口に、アスムはふと——何かを認めた。

「アマミクさん、それ……」

「何？」

「……あ、いえ、なんでもありません」

アスムはすぐにそう言って誤魔化すと、それを見て見ぬ振りをした。

訊ねるまでもなく、アスムは察したからだ。

白いものは、包帯だった。袖口から垣間見えたそれが、彼女の白い肌に密着しながら、肘《ひじ》の向こうから手首辺りまで、幾重にも巻かれていた。

アマミクは、腕に怪我をしている。

そのことを訊くのはデリカシーに欠けるような気がして、アスムはそれ以上触れなかった。

けれど——気にはなった。

アマミクはなぜ、怪我をした？　その怪我について、彼女はなぜ説明しないのだろう？　もしかして、それがアマミクの中で矛盾する二つの思考と、関係しているのだろうか？

だとすれば——一体、アマミクは何を隠しているのか？

訊きたいことは、山ほどあった。にもかかわらずアスムは、どうしたわけか、それ以上は何も訊けないまま、押し黙っているしかなかった。

＊

セーファと会うのは、随分と久し振りに思えた。

数えてみれば、四日前に一緒にカレッジに行ってから、しばらく顔を合わせていない。セーファの体調が悪かったから——というのが理由だけれど、それだけなら、セーファの家に見舞いに行くことはできたはずだ。

でも、そうはしなかった。

なぜかといえば、アスム自身がセーファに対して、後ろめたさがあったからだ。

その原因は、言うまでもない——セジだ。

アマミクと秘密を共有し、セーファに隠れてセジを追っていたことが、彼女に対する疚しさに繋がっていたのだ。

だからこそアスムは、期間を置いてセーファと再会する今、そんな内心を鋭い彼女にできるだけ悟られないよう、細心の注意を払っていた。

「……それで、アスムは課題をこなせたの？」

「もちろん。渡されていた参考書はすべて読み切ったし、テストもクリアしたよ。生物学は想像していた以上に、僕にあっているみたいだ。基礎的なこともももちろん面白いんだけれど、その先のこともどんどん学んでいきたくなる。知りたくてたまらなくなってくるんだ」

そうだ、もっと知りたいのだ。セジのことも——。

勝手に浮かぶ思考を無視しながら、アスムは早口で捲《まく》し立てた。

「マダム教授も、予想していた以上に学びが早いから、そろそろ具体的な研究に進んでもいいんじゃないかとおっしゃったよ」

「すごい。じゃあ、もしかして」

「うん。研究生になれるかもしれない」

アスムは、大仰《おおぎょう》に頷いた。

セーファが、嬉しそうな表情を浮かべながら、前を向いた。

二人の視線の先にあるのは――いつもの海岸だ。

アスムとセーファは、慣れ親しんだ白い砂浜に腰かけ、僅かに湾曲した水平線を見つめていた。二種類の異なる青の境界で生まれた波が、数秒おきに打ち寄せる。ここは、二人が小さいころから何も変わらない、けれど様々な思い出が詰まった――初めてのキスも交わした――場所だ。

「アスムは、本当にすごいね。尊敬するよ。私も頑張らないといけないね」

セーファが、ほんの少し寂《さび》し気なニュアンスで言った。

「気負う必要はないさ。体調が戻ればまたセーファも勉強に打ち込める」

「そうかなぁ」

「ああ。君ならできる。僕が請け合う」

アスムは、並ぶセーファの右手の甲にそっと触れる。

セーファは、ゆっくりと右手を返すと、それを握り返す。

「そう、だね……」

彼女の語尾に、仄かな含みがあった。

ぎくりとした。もしかしてセーファは、セジという存在に囚われているアスムの心を、すでに見抜いているのだろうか？

動揺を誤魔化すように、アスムは、わざとおどけるような口調で話を変えた。

「ところでセーファ、この間、港でペンとインクを買ってたよね。どんなのを手に入れたんだい？」

「そうそう、いいのを見つけたの！」

セーファは、一転して花が咲いたような笑顔を見せた。

「インクはね、モスグリーンで粘度の低いもの。ずっと探していたのが、やっと見つかったの。嬉しくって、買えるだけ買っちゃった」

「へえ、よかったじゃないか！　ペンは？」

「軸がトルコ石のものがあったから、それにしたの。持ちやすそうだったし、太さもちょうどよかったから。でもね……本当は探しているペンが他にあったんだ」

「そうなんだ。どんなもの？」

「軸に青いメノウを使っているものよ」

「メノウ……？」

ふと、引っ掛かった。

青いメノウ――どこかで聞いたことがある気がする――。

「あまり出回らないのは知っていたんだけど、もしかしたらって探してみたんだ。でも、やっぱりなくって……仕方ないよね。青メノウ自体、貴重な鉱石だもの」

「セーファは、それがほしかったんだね」

「うん。メノウの青緑色の縞《しま》模様って、理知的でしょう？　使う人の頭がよく見えると思わない？」

セーファは、屈託のない表情で続けた。

「前にね、シュイム学長がそれで書き物をしていたのを見たことがあるの。その素敵な印象が忘れられなくて……それから、あのペンで私も研究ができたらなって、ずっと憧《あこが》れてるんだ」

「そうだったんだね。知らなかったよ」

アスムも、口角を上げた。

「そのペン、もし市場で見かけたらすぐ買っておくね」

「ありがとう。でも、無理しなくていいからね」

「無理じゃないさ。君のためにすることなら」

「…………」

セーファは、嬉しそうに目元を綻ばせると、不意に目を閉じた。

桜色の艶やかな唇が、きらきらと輝いている。アスムは、きめ細かい絹を扱うように優しく、丁寧に、そこに自らの唇を重ねた。

ふと舌先が、彼女の舌先に触れた。

「ん……」

セーファが、呻くような声を漏らす。

その声色に呼応するように、アスムの下腹部が切ない熱を帯びた。

抗《あらが》いがたいそれを明確に自覚しつつ、同時に理性で制御しながらも、アスムはそっと右手でセーファの胸に触れた。

セーファは、痙攣するように肩を震わせ——それから身体の力を抜いた。

アスムにはわかった。セーファは今、アスムに身も心も委ねていると。

手のひらの中にある柔らかな突起を、セーファの呼吸にあわせて撫でる。試すような動きにもかかわらず、彼女は、むしろうっとりとしたままアスムの舌を味わい続けていた。

アスムがこれまでに味わったことのない、男としての喜びの瞬間。本能が情熱で沸き立った。

なおも最後の一線を、勢いと激情に任せて越えようとしたアスムは、その瞬間ふと、それを思い出す。

青いメノウのペン。

歓喜のただ中にあっても、その存在はまるで首筋に氷を当てたように、瞬時に理性を取り戻させた。

アスムは、唇を離した。

セーファが、蕩《とろ》けるような瞳で見つめていた。

「……?」

アスムは何も言わず、そんなセーファの髪を、これが僕の真心なんだよという気持ちをこめて、消えることのない後ろめたさとともに、いつまでも優しく撫で続けた。

＊

「……どうぞ」

ノックの後、厳かさと憂鬱《ゆううつ》さが折り重なる数秒を置き、シュイム学長のくぐもった声が戻ってきた。

アスムは、ひと呼吸を置くと、真鍮《しんちゅう》のノブを回し、ゆっくりと引く。

キィ、と甲高《かんだか》い鳥の鳴き声を思わせる音とともに、扉が開く。

天井まであるぎっしりと中身が詰まった本棚、あちこちに伏せられた本や、積み上がった書きかけの書類。それらは、以前に見たときとほとんど変わるところはない。

けれど、アスムは以前よりも息苦しさを覚えていた。

重苦しさ、と言った方がいいかもしれない。学長室には明かりが灯されず、黄昏《たそがれ》の陰鬱《いんうつ》さだけが満ちている。今にもスコールがきそうな空模様が、存在の心許《こころもと》なさに拍車を掛ける。こちらに向いて座っているシュイム学長の表情すらまともに窺《うかが》えないほどの暗さ。彼が、どんな表情を浮かべているのか、あるいはどんな感情を内に隠しているのかさえ、わからない。

今さら、理解した。

光がもたらすものが明瞭さならば、暗がりがもたらすものこそ、まさしく混沌——。

「誰かね?」

机の向こうで、シュイム学長が訊いた。

シュイム学長の手元で、残像とともに何かが舞っている。さらさら、と何かを書きつける微《かす》かな音で、その正体がわかった。

ペンだ。

アスムは、じっと目を凝らしつつ答える。

「アスムです。今、よろしいでしょうか」

「何か用かね」

穏やかでいて、心の底まで見透かされそうな声色。

ピンと張り詰めるような空気の中、昂《たかぶ》りを押し殺しながら、アスムは切り出した。

「学長に、質問があります」

「マダムに乞《こ》うべきではないかね。彼女が君の指導教授だ」

滑らかだが、一瞬の間を置くことさえない、やり取り。

その間もシュイム学長は、書き物の手を止めることはない。その言動に、まるでこの日が来ることを予想して、質問と答えを用意しておいたような、周到な印象を受けながら、それでもアスムは続けた。

「おっしゃるとおりです。しかしシュイム学長、僕は、あなたにこそお伺いしたいのです」

「なぜかね?」

「この質問は、マダム教授とも、僕の研究とも、つまり……学問と無関係なものだからです」

「………」

初めて、シュイム学長が手を止めた。

ペンの動きが止まり、残像も消える。

ペン軸の色は――青。材質は、上等なメノウが創《つく》り出《だ》す、青メノウだ。

間違いない。心の中で得心しつつ、アスムは許可を乞う。

「改めて、お訊きしてよいですね？」

アスムの強い口調に、シュイム学長が顔を上げる。

景色が仄暗《ほのぐら》さに滲む中、学長の鋭い眼光だけが、アスムを射貫く。

だが、その金色の瞳こそ、質問を許した証拠だ。たじろぎそうになりながらも、アスムは意を決し、その問いを投げた。

「あなたは、セジのことをご存じですね？」

「…………」

シュイム学長は――またも、何も答えない。

しかし、その沈黙と、瞬きをしない瞳とが、答えをありありと告げている。

再び、今度は確認の意味を込めて、アスムは問うた。

「やはり、あなたは知っているのですね。南極のセジのことを」

「…………」

シュイム学長は、沈黙したままひとつ、溜息を吐いた。

そして、アスムをじっと見つめながら、手元ではペンのキャップを嵌《は》め、そっと置き、それから顔の前で指を組むと、思いのほか落ち着いた声色で訊いた。

「セジのことは、誰に聞いたのかね」

「言えません」

即座に、首を横に振った。

アマミクのことを、話してはいけない気がしたからだ。

シュイム学長は、「……なるほど」と相槌を打つと、間髪を入れずに続けた。

「では、そもそもなぜ私がセジのことを知っていると思うのかね」

圧力を伴う、鋭い視線。

その力強さに抵抗しながら、アスムは答えた。

「……ペンです」

「ペン？　これのことかね？」

シュイム学長が、手元のペンを持ち、目の前に掲げる。

青メノウの美しいペン軸。日が落ち、光に乏しいこの学長室においても、それだけが命を吹き込まれたように濃い色彩を放っている。

顎を引くと、アスムは「そうです」と大きく頷いた。

「セジは、南極生まれの生き物です。当然、南極からこの珊瑚礁の島へと運んでくる必要があります。一方、港の船乗りによれば、南極からこの島に運ばれた特別な荷がひとつあったそうです。おそらくは、それがセジであったと考えられます」

「…………」

「荷の受領者は、航海を依頼したヤブサト助教授とは別人だったそうです。その人は、荷を受けと、同じものです」

取る際に、青メノウのペンで受領のサインを行いました。学長、あなたが持っているそのペン

「…………」

「青メノウは貴重な鉱物です。そのペンを持っている人間は、この島にはあなたの他にいないでしょう。とすると、ひとつの仮説が成り立ちます。つまり……シュイム学長、あなたが南極からの荷をヤブサト助教授に代わって受領したのではないか」

「…………」

ペンを再び、そっと机の上に置くと、シュイム学長は口角を上げた。

「なるほど。君の推論は淀みなく、まったく正しい」

「ということは……」

「セジを受領したのは、確かに私だ。いや、正確に述べよう。南極の生物であるセジを、この珊瑚礁の島へと招き入れたのは、私とヤブサト君の二人だ」

「やはり……」

アスムは、大きく息を吐いた。

緊張で、首が固まっていた。喉がからからに渇いて、唾を飲み込むのさえ辛《つら》い。

だが――問《と》い質《ただ》したいことは、これで終わりではない。

再びシュイム学長を真っ向から見据えると、アスムはさらに質問を続けた。

「学長は、知っているのですか。セジが何なのか」

「…………」

「あれは、動物なのですよね？　南極に住む哺乳類なのですか？　それとも……」

「それには答えられない」

シュイム学長は、アスムの問いを断ち切るように言った。

「どうしてですか？　どうして答えられないのですか？」

「これ以上は、君が知るべきではないからだ」

「僕はすでにセジを知っています。セジが多くの人々を無残に殺していることもです。その僕に対してですら、学長は、セジのことをこれ以上知る必要はないとおっしゃるのですか？」

「そうではない」

おそらくは意図的な数秒を置くと、シュイム学長は、あえて諭すような口調で言った。

「ただ、これは私とヤブサト君、二人の研究なのだ。ヤブサト君があんなことになってしまったのは本当に残念だった。しかし、だからこそ私は今、最善を尽くすべき義務を負っている。君に詳細を伝えないことこそが、その最善の判断だと理解してほしいのだ」

「それならばなおのこと、僕は詳細を知るべきです」

「どうしてかね」

「事件の当事者だからです」

「いや、君は当事者ではない。単なる目撃者だ。セジそのものとも無関係だ」

シュイム学長は、ピシャリと言った。

「それ以上の情報を求めるならば理由が要る。逆に問おう。君はなぜ、そこまでして私にセジについて訊くのかね？」

「それは……」

「憎悪がゆえか？　復讐のためか？　それとも、それ以外の何かがあるのか？」

「………」

アスムは、窮した。

彼の中でも、その問いに対する答えはもやもやとしていて、正確に言語化することができなかったからだ。真っ先に思い浮かぶのは、あの不思議な瞳だ。あれの意味を知るために訊いているのだと言っても間違いではないくらいだ。けれど、それが具体的に何のことなのか、言葉にして表すことができない。そもそも、その話をしたところで納得は得られないだろう。

「……わかりました」

アスムは結局、諦めるしかなかった。

しかし、納得したわけでもなかった。一拍を置いて、アスムは言葉を続けた。

「でも、ひとつだけ教えてください。僕は、セジがすでに森で死んでいるのではないかと考えています。この仮説は正しいと思われますか」

「………」

シュイム学長は、答えなかった。答えないことは、今この場ではむしろ能弁だ。

「まだ、生きているのですね」

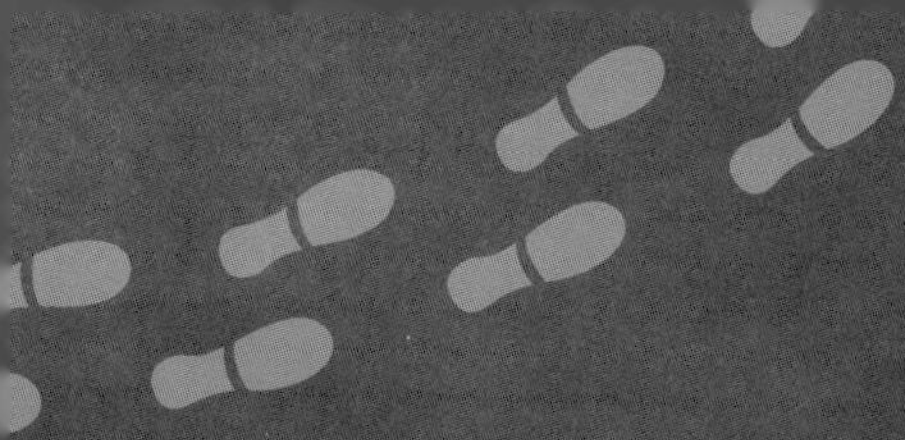

『さあ、どんでん返しだ。』

「7月から10月まで、読み逃すのはもったいない！」

というミステリーが立て続けに刊行されます。

あなたが知っている作家も、

まだ読んだことのない作家も、

全員入魂の8作品。

お時間、少しだけいただけませんでしょうか？

講談社　文芸第三出版部

『原因《げんいん》において自由《じゆう》な物語《ものがたり》』五十嵐律人《いがらしりつと》

著者の原点ともいえる一冊。

発売中

あらすじ

人気作家・二階堂紡季《にかいどうつむぎ》には、誰にも言えない秘密があった。秘密を話せば、すべてを失う。しかし、その秘密と引き換えにしても、書かねばならない物語に出会ってしまい――。

担当編集者より

五十嵐律人さんは作家デビュー前に司法試験に合格しました。だから私はつい、「どうして作家になりたいのですか？」と聞いてしまいました。五十嵐さんは「弁護士は困っている人の依頼を受けて初めて人の役に立つ職業で、小説家はそうじゃない人に広く物語を届けることができるから、どちらもやりたいんです」と仰いました。その言葉の意味を、本書を読み、ようやく本当にわかったように思います。ぜひ、受け止めていただけると嬉しいです。

「その正誤も含めて、今、君に言うべきではないと考える」

先ほどの答えぶりと同じだ。だが今度は、議論が先へ進むのを誤魔化そうとしているニュアンスが感じられた。

そもそも、シュイム学長はまだ学内の夜間立入禁止を解除していない。死んでいることが確認されれば、立入禁止はすぐに解かれるだろう。そうはなっていないのだから、シュイム学長を問い質《ただ》すまでもなく、セジの生存はもはや確定的だ。

「捕獲しないのですか？」

「生きている前提において、可能ならば当然している。だが……」

「だが？」

「………」

何かを言い掛けたシュイム学長は、アスムの視線を避けるように目を伏せると、何度目かの沈黙を返した。

アスムは、ますます確信を深めた。

シュイム学長の語尾に消える、捕獲をしない理由。そこにこそ、他言できない秘密がある。

だが同時に彼は、目線を逸らしたシュイム学長の仕草に、思いやりに似たニュアンスも感じ取っていた。

だからこそ、アスムは悟る。おそらく学長はアスムだけでなく、学生、研究生、そしてこのカレッジにいるすべての人々の安全を保障する義務を負っている。その結果として、守らざるを得ない秘密があるのだと。

大きな責任と義務を負うシュイム学長にとって、それは絶対に譲れない点なのだろう。

これ以上学長と言い争っても仕方がない。一歩引くと、アスムは質問を変えた。

「なぜ、学長とヤブサト助教授は、南極のセジを研究しようと考えたのですか」

「……理由について、問うているのかね」

顎を引いたまま、ちらりと上目遣いでアスムを見ると、シュイム学長は続けた。

「一千年前……我々の祖先は、暴力に取りつかれていた。暴力を当然のこととわかってしまう種族だった。そのことが、人類を破滅へと導いた」

「前にもお聞きしました。だからこそ人類を含む哺乳類学が、禁忌とされているのだと」

「そのとおりだ。では、こう考えたことはあるかね。むしろ哺乳類の進化の帰結として、当然のように暴力という性質が備わったのならば、その性質が子孫である我々にも確実に備わっていると考えるべきではないか」

「えっ」

アスムは、思わず息を飲んだ。

そういうふうに考えたことはなかった。だが、言われてみればそのとおりだ。祖先が保有していた形質や性質が、高々一千年で失われるとは考えづらい。

つまり暴力とは、わかる、わからないの問題ではなく、我々に本能的に備わっている可能性があるのだ。

そもそも暴力の行使は、生物における普遍的な性質だ。だとすれば、生物学的にはむしろ「暴力を理解できない」とする方が難しいものなのかもしれない。

ようやく理解した。そうか――だからか！

「だから、調べようとしていたのですね、暴力の徒であるセジのことを。そうすれば、僕たちの中にある生来の暴力性が理解できるから！」

アスムは、身を乗り出して問う。そここそが、とても重要なことだと思われたからだ。

しかし、シュイム学長は、アスムの意に反して静かに首を横に振った。

「それは、半分正しく、半分誤っている。我々が暴力の徒であるセジを研究しようとしていたのは確かだ。だが、セジが暴力の徒だから研究しようとしていたのではない」

「……？」

アスムには、シュイム学長が何を言っているのか、よくわからなかった。

自分の理解不足に起因するものなのか、それとも、そもそも何か重要な前提を欠いているからなのか？　どうにもあやふやなまま、アスムは取《と》り繕《つくろ》うような問いを続けた。

「ええと、カーネ……そう、カーネはこのことを知っているのですか？」

「許可はされている」

「…………」

アスムは思わず黙り込んだ。さっきから、問いに対して常に少しすれ違うような答えが返ってきている気がする。あるいは、ここにこそシュイム学長の真意が潜んでいる――？

考え込むアスムに、シュイム学長が唐突に訊いた。

「君は、セジを研究したいのかね？」

我に返り、神妙に頷いた。

「機会を頂けるなら」

「あれが、人間の本来の姿を思い出させる存在であったとしてもかね」

「……？　はい、もちろん」

数秒の逡巡を挟みながらも、アスムは、声に強く力を込めた。

そんなアスムを、シュイム学長はしばし、品定めをするように見つめた後、おもむろに言った。

「今は私の役目だ。しかし、やがて君の役目となろう」

「……と、いうと？」

「私が言えるのは、それだけだ。速やかに辞したまえ」

「でも……」

「この場から去るのだ。アスム」

冷たい口調で言い放つと、シュイム学長はペンを取り、再び書き物を始めた。

さらなる問いを投げようとしたアスムだったが、シュイム学長が纏う強い拒絶の雰囲気を感じ取ると、一礼だけを返した。

「失礼します」

静かに背を向けると、アスムは学長室から出た。

背後で、風もないのにバタンと勢いよく学長室の扉が閉じた。

アスムの脳裏には、今しがた見ていた暗いモノクロームの景色の中に、たったひとつだけ色彩をなすメノウの青緑色だけが、妖《あや》しく滲んでいた。

大きく息を吐きながら、アスムは、気が付けば、早鐘のように激しく鼓動する心臓の辺りを、ぎゅっと押さえていた。

外では、いつの間にか雨が降り出していた。

*

その日の夜、最悪の事態が起こった。

アスムの最愛の人が襲われたのだ。

VI

一報が入ったのは、夜中のことだった。

シュイム学長との対話、その緊張感に酷く疲れたアスムは、家に帰ると食事も摂らず、早々にベッドに潜り込み、眠りに就いた。

そんな彼のところに突然、端末機を通じて、緊急連絡が入った。

その内容を聞いて、アスムは一瞬で目が覚めた。

――セーファがカレッジで何者かに襲われた。

「嘘だろ！」

飛び起きたアスムは、着替えもせずに家から飛び出した。

激しい雨が地面を叩きつける闇夜《やみよ》。

いつもは花々が薫る穏やかな通りが、今はどす黒い夜に沈んでいる。あっという間にずぶ濡れになった衣服が、アスムの身体を容赦なく冷やす。

だがアスムは、傘も差さず一心不乱に走った。

カレッジまでの道のりが異様に遠く感じられる。息せき切らしながらも、アスムはただひたすらセーファを案じた。

何者かに襲われた——その一言を聞いた瞬間、アスムはその何者かの正体を、即座に理解していた。

セジだ。

この島にはセジ以外に、人間に対して理不尽に暴力をふるう存在はない。ならば襲ったのはセジ以外にはあり得ない。間違いない。

だが問題は、どうしてセーファがセジに襲われたかだ。

セジはカレッジ内にいるはずだ。だとすればセーファもまたカレッジにいたことになる。しかし、そもそも夜間立入禁止となっているはずのカレッジに、なぜ彼女がいたのか？

数多の疑問が頭の中を渦巻く。

己《おのれ》の乱れた息遣いと、降りしきる雨の轟音《ごうおん》が、不愉快に混ざり合う。

答えなどわかりようもない。だが——それはきっと、カレッジに行けばわかる。

苛立ち、不安、そして混乱に責め立てられながらも、アスムはなおも足を前に出すと、ただひとつのことだけを、心の中で強く祈った。

セーファ、頼む——無事でいてくれ！

＊

雨しぶきの中、カレッジの正門に淡く青白い人魂《ひとだま》が三つ、ゆらゆらと動いていた。

目を凝らしながらその光めがけて駆け寄るアスムの眼前に、不意に、三人の男が現れた。

人魂に見えたのは、彼らが手にするランタンの明かりだった。皆、傘を差すことなく、ずぶ濡れのまま、ランタンを手に顔を寄せている。

その光で、ようやく男たちの顔が見える。

ひとりはシュイム学長だった。後の二人は、カレッジで何度か見かけたことがある助教授たちだ。名前は憶《おぼ》えていないが、確かシュイム学長の研究室に所属し、自警団を任ぜられていた男たちだと記憶していた。夜間の立入禁止が指示されてから毎夜、カレッジの門番として寝ずの番をしていたのも彼らだ。

いつもは朗らかで優しい人たちが、今は眉間に皺を寄せ、険しい表情を浮かべている。その顔つきが、事態の深刻さを物語っているような気がして、アスムはひどい焦燥感《しょうそうかん》に苛まれた。

「シュイム学長！」

アスムは叫びながら、三人の間に躍り込んだ。

「あの……、学長……、セ……セーファ、は」

「アスムか！　よく来た。まずは落ち着きたまえ」

ぜえぜえと息をするアスムの背を、シュイム学長は何度もさすする。

助教授たちも、口々に言った。

「あの娘はセーファというのだね？　申し訳ない、我々も一旦《いったん》は彼女が中に入ろうとするのを止めたのだが……」

「目を離した隙《すき》に、カレッジの中に潜り込んでしまったようなのだ。雨でけぶっていたとはいえ、私たちのミスだ。本当に申し訳ない」

二人の助教授が、代わる代わるアスムに対して釈明と謝罪の言葉を述べる。

アスムは確信した。間違いない。セーファはやはりカレッジに入ったのだ。

だが——なぜ？　彼女に何があった？　何より、セーファは今、どこに？

ようやく息が整ってきたアスムは、頭の中に次々と湧き上がる疑問を一旦脇に置くと、ひとつ大きく深呼吸をしてから、言った。

「彼女は無事なんですか？」

「……ああ、大丈夫だ。セーファはすでに保護している。無事だ。幸運だった」

「無事……」

よかった——。

シュイム学長の力強い声色に、アスムの身体から力が抜けた。

安堵するアスムに、しかしシュイム学長は、厳しい表情を緩めることなく続けた。

「ただ、酷くショックを受けている。かなり怖い思いをしたらしい。ここまで逃げてきたときには、震えて何も話せなかったそうだ」

それほどの出来事に、彼女は遭遇したのか。一度息を整えると、アスムは訊いた。

「セーファは今、どこに？」

「すぐそこの建物の、医務室にいる。カレッジの外の安全な場所だ」

「僕が行っても？」

「もちろんだ。君の顔を見れば、彼女も安心するだろう」

シュイム学長が、くるりと踵《きびす》を返《かえ》した。

「来なさい。こちらだ」

歩き出すシュイム学長の姿が、降りしきる雨の濃灰色に滲んで消える。

アスムも慌てて、その後を追う。

髪から雨水が滴り、頬を伝い流れていく。その氷のように冷たい水滴が渇いた口の中を湿らせるのを感じながら、アスムもまた、医務室へと向かった。

＊

「セーファ、大丈夫か？」

医務室のベッドに横たわるセーファを見るや、アスムは彼女の名前を呼び、ベッドの脇に駆け寄った。

セーファは、白いシーツのベッドに、目を閉じ、仰向けに横たわっていた。

クリーム色の薄い布団を胸から下に掛け、上半身にはノースリーブの肌着だけを着けている。

両腕は外に出したまま、落ち着いた寝息を立てていた。

多少の怪我はしているだろうと覚悟していた。けれど、顔も両腕も傷らしい傷はない。顔色も悪くはない。

セーファは――無事だった。

アスムはようやく、長い安堵の溜息を吐いた。

「……誰？」

人の気配を感じたからか、セーファが、掠れた声とともに目を覚ました。

「ああ、僕だよ。セーファ。大丈夫かい」

「ごめんね、私……」

「……アスム？」

弱々しい声色だ。にもかかわらず、一生懸命に起き上がろうと試みるセーファの手を、アスムはそっと握った。

「無理しないで。そのまま……僕はいいんだ。君が無事でいてさえくれれば」

「ありがとう……」

呟くようにそう言うと、セーファは眩しいのか、再び目を閉じた。

激しい雨音が、窓の外から聞こえていた。セーファの湿った髪と、冷たい手が、数刻前には彼女もこの雨に打たれていたのだということを物語っているようで、アスムは胸が締め付けられそうになった。

振り返ると、背後にシュイム学長が立っていた。

シュイム学長は無言で、じっとアスムたちを見下ろしていたが、セーファが落ち着いたのを見ると、そっと語り掛けるように口を開いた。

「セーファ。教えておくれ。何があったのかを」

「…………」

「カレッジには、何のために行ったのかね？」

何も答えず、眠っているようなセーファ。しかし、数秒の沈黙の後、眉を一瞬ぴくりと寄せると、血の色の薄い唇を開いた。

「アスムに、会いたくて」

「えっ……僕に？」

驚くアスムに、セーファは「うん」と顎を引いた。

「アスムが家にいなかったから、不安になって……まさか、まだカレッジにいるのかなと思ったら、私、居ても立ってもいられなくなって……」

そうか――僕は今日、夕食も摂らず、早くに床に就いてしまった。

灯りがついていない、しんと静まり返る部屋を見て、セーファはアスムがいない、まだカレッジから戻ってきていないと勘違いをしたのだ。

ああ、僕のせいだったのか――謝罪の言葉を口にしようとしたアスムを、シュイム学長はそっと手で制し、セーファへの問いを続ける。

「カレッジに行ったのは、何時ごろかね」

「夜の九時……いえ、十時ごろです。雨が降っていたので、傘を差していきました。もちろん、中に入ってはいけないというのはわかっていたんですが」

「気にしなくてもいい。それを責めようとしているのではないのだから」

「はい……ごめんなさい……」

セーファは、ほっとしたように閉じた目を震わせ、続けた。

「正門には二人、自警団の先生方がいらっしゃいました。中に入れていただけないか頼んだのですが、『ダメだ』と断られてしまって……でも、しばらく見ていたら、お二人が門の傍を離れた瞬間があって。その隙に、中へ……」

セーファは、この行為がそれほど大それたことだとは思っていなかったのだろう。危険があることは十分にわかっていたのだろうが、少しの間だけなら大丈夫だと考えたのだ。ましてや、まさか高々数分でそれと遭遇することになるとは、想像もしなかったに違いない。

「すぐにアスムのところに行って、一緒に帰ってくるつもりでした。アスムはきっと研究室にいるはず。私は、坂を上がって向かいました。息が切れて、途中で休んで……それから、さあ行こうとしたとき、道を遮られたんです……あいつに」

「………」

シュイム学長が、何も言わずに目線だけでアスムを見た。

アスムも当然、理解していた。あいつとは――セジのことだと。

「姿形を、覚えているかね？」

「よくわかりません。真っ暗で、雨も降ってたので……でも」

何かを思い出すように、セーファは眉を寄せた。

「背は、私よりも高くて……アスムよりも、さらに一回り大きかったと思います。二足歩行で……上半身がとても盛り上がっていました。手と足は短くて……とても太くて……全身は毛で覆われていて……まるで『熊《くま》』のような……」

ハッと息を飲む。

熊のことは、もちろんアスムも知っている。島にはいない動物だ。哺乳類で、大型で、鋭い牙《きば》と爪を持ち、種類によっては狂暴で、焦茶色の体毛を持つものもいる。

すべてが符合している——アスムが持つ、セジの情報と。

「熊のことは、図鑑でしか見たことはありません。でも、それに近かったと思います。だから私は、直感的に思いました。この熊が、ヤブサト助教授とクボを殺した……のだと」

殺した、と言うとき、セーファは辛そうに顔を歪《ゆが》めた。

「熊の視線は、私に向いていたと思います。目がどこにあるかはよくわかりませんでした。でも一瞬、ギラリとした二つの光点を見た記憶はあります」

あの瞳だ——。

アスムの脳裏に焼き付いて消えない、不思議な色に輝く二つの光点。あれを、セーファも見たのだ。

「そのとき、私は狙われていると感じました。それですぐ、後ろを向いて……」

「逃げたのだね」

「はい。でも、背後からは水たまりを踏みつける大きな足音がついてきていました。追われている、そう気づいた私は、全力で走りました。でも、息遣いの音がどんどん大きくなってきて……追いつかれて……それから、熊の大きな手が、私に届いて……爪が……私の服に……私を乱暴に摑もうとして……」

言葉が断片的になる。肩も小刻みに震えている。記憶に怯えているのだ。アスムは、そんなセーファの手を強く握った。

「無理しなくてもいい」

「ありがとう。でも……大丈夫」

セーファは、小さく口角を上げると、健気《けなげ》に言葉を続けた。

「私は……つんのめり、転びそうになりました。背中で衣服が引っ張られていました。捕まったと思いました。荒い息が、生臭さと一緒に顔に当たって……ああ、私はこのまま食べられてしまうんだと覚悟しました。でも熊は、しばらくの間、私の衣服を破ることのほうに気を取られているようでした。だから私は……咄嗟《とっさ》に、持っていた傘の先端で、熊の顔の辺りを思い切り突いたんです」

「ふむ？」

シュイム学長が、興味深そうに目を細めた。

一方のセーファは、なおも表情を歪めながら続けた。

「……何かが潰れるような、嫌な感触がありました。きっと、急所に当たったんだろうと思います。熊は手を離すと、唸《うな》るような大声を上げて、一歩後ずさりました」

まさか――傷つけたのか、あの不思議な瞳を。

アスムの身体に一瞬、切なさとも苦しさとも似つかない、妙な感情が走る。だが――。

「今しかないと思った私は、そのまま全力で門のところまで走ったんです。それで……」

「助教授たちのところまでいって、助けを求めたんだね」

「はい」

――そのお陰で彼女は難を逃れたのだ。アスムは心から安堵した。

「熊は、追いかけてきたかね」

「いいえ。それきりでした……」

苦しそうな顔のセーファの肩を、そっと撫でながら、アスムは思う。

セーファが遭遇した熊――つまり、セジ。それは、まさしく「獣そのもの」だった。

そんなものに襲われて、セーファは心から怯えているのだ。かわいそうに――。

だが、彼女はそれでも幸運だった。なぜなら、生きて帰ってくることができたのだから。

それも、奇跡的な偶然のお陰だ。さもなくば、彼女は今ごろどうなっていたかわからない。

つまり、もしセジがセーファの衣服に気を取られなければ――もし雨が降っておらず、セーファが武器代わりになる傘を持っていなければ――その先端が、運よくセジの急所を捉えなければ――セーファが無傷で戻ってくることなど、できなかったに違いないのだ。

だから――。

「君が無事でいてくれて、よかった。本当に、よかった……」

アスムは、無意識に何度もそう呟いた――。

セーファが再び眠りに就いた。雨が上がり、シュイム学長がそっとその場を去った。

やがて空が白み始めてもなお、アスムはいつまでもセーファを見守り、その手を優しく握り続けていた。

＊

ここを訪ねるのも、何度目になるだろう。

学長室の扉をノックしようとした手が、ふと止まった。

シュイム学長はなぜまた、昨晩の動揺も収まらない今、自分を呼び出すのか？

何か、意図があるのだろうか、それとも――。

疑問が躊躇いに変わり、躊躇いがさらなる疑念を引き起こす。

だが、来なさいと言われたものを、今さら引き返すわけにもいかない。

アスムは拳にじっとりと嫌な汗を握りながら、今朝の記憶を反芻する――。

――あれから一睡もしないまま、アスムは朝を迎えた。

窓の外が明るい。もう大丈夫だろう。ほっと息を吐いたアスムは、安らかな顔で眠り続けるセーファにそっと布団を掛けてやると、医務室を後にした。だが家には戻ることなくその足でカレッジの、マダム教授の研究室へと向かっていった。

空は雲ひとつなく、昨晩の豪雨が嘘のように晴れ渡っていた。

ふと、不吉な予感がした。

珊瑚礁の島の天気は、昔からころころと変わる。それにしても、一晩でのこの変わりようは経験がない。これこそ、何かよからぬことの前触れだとは言えないか。

眩しい朝日さえ禍々しい――唐突に激しい眩暈に襲われながらも、アスムは研究室へ向かう坂を一心不乱に上っていった。

「あら、アスム、おはよう」

「おはようございます」

研究室に入ると、すでにマダム教授はいた。

マダム教授は、ジョウロを手に植物に水やりをしていた。もしかしたら彼女は、動植物の世話をするためだけに研究室に足を運んでいるのかもしれない――。

「ずいぶん早いわね。調べもの？」

マダム教授のにこやかな表情には、昨晩セーファが遭遇した出来事を知っているような素振りはない。

おそらく、シュイム学長からまだ何も聞いていないのだろう。アスムは努めて明るい表情を作りながら、「ええ、そうなんです」と相槌を打った。

「本当は昨日やろうと思っていたんですけれど、ひどい雨で、気分が乗らなくて」

「ああ、確かにね。スコールは大抵短時間で上がるのに、午後から大雨が続いたものね。嵐のシーズンでもないのに。この島では珍しいことだわ……でも、今日はいい天気でよかったわね。毎日あんなに雨に降られたら、鬱々《うつうつ》とするもの。……それで、何を調べようと？」

「はい。『熊』について……」

言ってから、しまったと思った。

昨日の夜中にセーファから聞いたことが、そのまま無意識に口をついて出てしまった。

案の定、マダム教授は即座に真顔になると、眉を顰めた。

「熊ですって？　感心しないわね、アスム。あなた、熊がどんな生き物か知っているの？」

「はい。……哺乳類です」

「ならわかるわね。あなたにはまだ早い」

念を押すように、マダム教授は言った。

「興味を持つのは構わない。好奇心は何にも勝る研究の原動力よ。でも、物事には順序というものがある。あなたがすべきは、まず研究生となること。それから助教授を目指すこと。哺乳類学を知るのはそれから。わかるわね？」

「……はい、もちろん」

マダム教授は、あくまでも優しい口調でアスムを諫めた。

どうやら、いきなり熊のことを口にしたアスムに、不審を抱いたわけではなかったようだ。

ほっとするアスムに、マダム教授は「そうそう」と続けた。

「忘れないうちに言っておくわ。あなたに兄からの伝言があるの」

「えっ、シュイム学長からですか？」

ぎくりとするアスムに、マダム教授は不思議そうな顔で言った。

「そうよ。『昼になったら学長室にきなさい』ですって。『必ずひとりで来るように』とも言っていたわね」

「…………」

アスムは、思わず言葉を失った。

シュイム学長が呼び出す理由。それは明白だ――つまり、昨晩の一件に関すること。

だが、僕だけに何を話そうというのだろう？

「何かあったのかしらね。心当たりは？　まさか……何か悪いことでもしたとか」

「それはないと思いますが……何でしょうね。わかりません」

しらを切りながら、アスムは内心の動揺を隠すために、曖昧な愛想笑いだけを返した。

そして――何も手につかない午前中を経て、今に至る。

一分余りの逡巡の末、アスムはようやく意を決すると、扉をノックした。

コン、コン、とやけに乾いた、不気味な音が響く。

気のせいだとは思うが、この部屋を訪れるたび、アスムは何か、よからぬものに魅入られているような気がする――。

入りたまえ。

シュイム学長の声が聞こえた。アスムは真鍮のノブを回し、ゆっくりと引く。

「……失礼します」

扉を開けると、眩しい光が廊下に差し込んだ。

思わず目を細める。昨日の仄暗さとは打って変わって、光に溢れた学長室の真ん中に、細長いシルエットが見えた。

「よく来たね、アスム」

「……はい」

「遠慮なく、そこに」

勧められるがまま、机の前に置かれた背もたれ付きの椅子に座る。

この椅子は、昨日はなかった。シュイム学長が置いたのだろう。

なぜか？　おそらくは――アスムに、何か重要な話をするため。

バタン、と背後で扉が閉まる。

大きな音ではなかったが、心臓が口から出そうになった。

一度大きく息を吐き、心を落ち着けてから前を向く。

シュイム学長が振り返った。黒いシルエットではわからなかったが、シュイム学長はずっと窓の外を見ていたようだった。

光の中から、シュイム学長は言った。

「大丈夫です……とは、言えませんね」

「気分はどうかね」

「正直だ」

フフッ、とシュイム学長は薄く笑った。その笑顔を、午前の太陽がくっきりと照らす。

学長が笑うところを、アスムは初めて見た気がした。それは、思ったよりもチャーミングであ

りながら、どこか覚悟を抱いた表情でもあるかのように感じられた。

無意識に唾を飲み込むアスムに、シュイム学長は、意味深な数秒を置いてから、おもむろに切

り出した。

「実は、君に頼みごとがあるのだ」

「なんでしょうか」

「これを持っていてほしい」

シュイム学長が、アスムに何かを差し出した。

それは、小さな正方形のチップだった。

「……映像チップですか？」

シュイム学長は無言のまま、真剣な顔つきで顎を引いた。

映像チップは、動画を収蔵するために用いる記憶媒体だ。

珊瑚礁の島では、主に学問的な資料を記録しておくために用いられている。これを使えば、映

像や資料を、自室や研究室の端末機で見ることもできる。だが――。

「何が記録されているのですか」

「それは言えない。だが、今日から肌身離さず、このチップを持っていてほしい。いつでも、その中の映像を見られるようにしておいてほしいのだ。そして……絶対に見ないでほしい」

「えっ？」

見るな？　どういうことだ？

訝しむアスムに、シュイム学長は当然のことのように続けた。

「今はまだ、そのときではないからだ」

「……？」

今は、まだ？　――なおさら意味がわからない。

シュイム学長は、僕に何をさせようとしているのだろう？

チップを手に、アスムはひとり困惑した。

シュイム学長は、唐突に話を変えた。

「ところで……私は、近々カレッジを昼間も立入禁止にしようと考えている」

「昼間も……なぜですか」

「セジがいるからだ」

シュイム学長は、厳かな声色で言った。

「昨晩、君の想い人《おもびと》が襲われた。あれが学内にいる以上、もはや皆の安全を保《たも》つことはできないことが明らかになった。昼も夜も人払いをしなければ、さらなる犠牲者が出ることになるだろう。そうならないために、常時、立ち入りを禁ずる必要があると判断している。これも、学長である私の務めなのだ」

「…………」

これも、学長である私の務め――。

ということは、それ以外にも何か学長の務めがある？　ちょっとした言葉遣いが気になる。

なおも考え込むアスムに、シュイム学長はさらに、戸惑いに拍車を掛けるようなことを言った。

「君に渡した映像チップは、ある意味では保険となるものだ」

「保険？　どういう意味ですか」

「私の身にもしものことがあったら、君に、この中の映像を見てもらいたい」

「もしもって……待ってください、話が全然見えない……学長は一体、何をなさろうとしているのですか？」

「…………」

それは言えない、と言いたげに、シュイム学長は首を横に振った。

「もしかしたら、これは君の重荷となるものかもしれない。いや、重荷以上の何かを背負わせてしまうことになるだろう。だがそれでも……私は保険を掛けておかなければならないのだ。わかってくれ、アスム。君はそのときになったら、必ずこれを見るのだ。この映像チップの中身を確認するのだ。どうか約束してほしい。これは、君だからこそ頼めることなのだ」

「…………」

アスムは、酷く困惑した。

シュイム学長の意図が、まったくわからない。けれど、学長の鬼気迫る口調は、アスムが想像している以上に事態が切迫していることを物語っている気もする。

一体、何が起ころうとしているのだろう？

そして、シュイム学長は僕に、何をさせたいというのだろう？

そもそも――保険とは、何のことなのか？

不安。恐怖。戸惑い。何よりまるで詳細を伝えてはくれないシュイム学長への、苛立ち。

さまざまな負の感情が湧き上がる中、ふと――いや、また――なぜかアスムは思い出してしまった。

あの、不思議な色の瞳を――。

結局アスムは、考えあぐねた末、何も言わずにそのチップをポケットへとしまった。

「……ありがとう」

シュイム学長は、安堵と深い溜息とともにそう述べると、再び窓のほうを向いた。

アスムは、そんな学長の背にひとつだけ、質問を投げた。

「なぜ、僕なのですか？」

「…………」

シュイム学長は、何十秒も続く長い沈黙を置いてから、低い声色で答えた。

「耐えられないからだよ。君でなければ」

VII

その日、アスムは緊張していた。

ここ数日考え続けていたこと。それを今日、実行に移すのだ。

無意識のうちに、手に汗を握った。彼女ははたして、何と答えるだろうか？

早すぎると言うだろうか。それとも決心がつかないと答えを濁すだろうか。首を横に振られてしまう可能性だってないわけではない。アスムの独りよがりに終わるかもしれないのだ。

それでも、アスムの心は揺るがない。

結果はどうあれ、覚悟を示す必要があるからだ。

伝えるのは今でなければならない。今を逃してはならないのだ。だから――。

「……やあ、セーファ」

二つの決意を胸に抱えて、アスムは、彼女に声を掛けた。

白いワンピースに包まれた小柄な身体が、豊かな黒髪とともに振り返る。

「アスム、遅いよ？」

上目遣いのセーファ。頬を膨らませ、咎めながらも、口元にはチャーミングな笑みが浮かぶ。

込み上げる愛《いと》しさを押し殺しながら、アスムは言い訳を口にする。

「ごめん、思ったより支度《したく》に時間が掛かっちゃって……」

言ってから、なんて陳腐な言いぶりかと恥ずかしくなった。

だが言葉に間違いはない。今日は決して忘れてはならないものがあった。そのために何度も確かめた。だから時間が掛かったのだ。これは本当のことだ。

自分に言い訳をしながら、アスムはセーファと手を繋いで歩き出す。

目指す場所は、いつもの浜辺だ。

あの美しい砂浜なら、きっと二人の背中を後押ししてくれる。そんなふうに思えたからだ。

ふと、緊張がまた、間欠泉のように湧き上がってきた。

アスムは自分自身に言い聞かせる。大丈夫だ。落ち着け。絶対に上手《うま》くいくから――。

「……もう、体調はいいのかい」

誤魔化すように、何気なく訊いた。

「うん。身体はもう大丈夫だって、お医者様もおっしゃった」

セーファは、以前と変わらない楽しげな調子で答えた。

「むしろ、誰よりも健康なくらいだって笑われちゃった。だからたくさん食べて、たくさん動いて、たくさん勉強しなさいって。……久し振りの海も、アスムとこうして歩くのも、私、とても楽しみだったんだよ」

セーファは、饒舌《じょうぜつ》だった。

だからこそアスムにはわかっていた。本当は、彼女の傷はまだ癒《い》えていないと。セジに襲われてから、一週間が経っていた。にもかかわらず、医務室から家に戻った今も、セーファが自らあの事件を話すことはなく、カレッジにもまだ顔を出してはいない。あの出来事が、彼女の心にまだ強いトラウマとなって残っているのだ。

「ああ、僕も本当に、楽しみだったよ!」

彼女を労る気持ちを瞳に込めながら、アスムは努めて明るく答えた。

浜辺は、そんなアスムたちをいつもと同じように出迎えた。

マリンブルーとエメラルドグリーンのコントラスト。水平線を境に対比を描く海へと駆け出すと、セーファは青空に向けて両手を大きく広げた。

「あぁ、気持ちいい……」

そして目を閉じ、大きく深呼吸をする。

ひらり、とワンピースが華やかな大輪の花を咲かせた。

彼女が満面の笑みを零す。

爽やかな海風を纏う愛しい人を見つめながら、アスムは――。

まず静かに息を吐き、心を落ち着かせた。

ポケットの中に忍ばせたそれを確かめると、よし、とひとつ頷き、切り出した。

「……話があるんだ、セーファ」

セーファが、風になびく髪を手で押さえながら振り返る。

「なあに？　アスム」

「聞いてくれ。とても大事な話なんだ」

「どうしたの、真面目な顔して」

くすくすと面白そうに笑うセーファの瞳を、真正面から見据えながら、アスムは言った。

「僕と、結婚してくれないか」

＊

「……えっ？」

セーファが二回、目を瞬いた。

その瞳の奥に一瞬、戸惑いの色が浮かんだ。

だからこそアスムは、交わす視線に力を込めながら言った。

「もう一度言うよ。セーファ、僕と結婚してほしい」

セーファは――困ったような顔で訊いた。

「……今すぐ？」

「ああ。今すぐ」

「…………」

即答したアスムに、セーファは一度、沈黙を返した。

ほんの数秒の、しかし永遠とも思えるほどに長い無言を、アスムはひたすら待ち続ける。

やがて——セーファは小首を傾げ、艶めく唇を開いた。

「どうしても、今がいいの？」

「ああ。今でないとだめなんだ」

再びアスムは頷いた。

「どうして？　だって……アスムはまだ研究生じゃないんだよ？　結婚は、まだ早いって皆に言われちゃうよ」

「わかってる。無理を押して結婚すれば、きっとそうなる。でも、それは周りがどう思うかだけの話だ。学生同士で結婚することは禁止されていない。少なくともカーネは、僕たちが研究生にならなければ結婚できないと決めているわけじゃない」

「確かにそうだけど……」

熱弁するアスムに、セーファは少し考え込むように眉を寄せた。

セーファは迷っている。ならば——切り札だ。

「僕はもう、覚悟しているんだ。セーファ、これを君にあげる」

アスムはポケットに忍ばせていたものを、セーファの目の前に差し出した。

「どうしたの、それ！」

セーファが息を飲んだ。

「買ったんだ。君のために」

それは――航海を生業とするイルから、秘密の代償として譲り受けたブレスレットだった。

アスムは初めてこのブレスレットを見たときから、まさにこの瞬間のことを考えていた。この美しいブレスレットは、セーファへの誓いの場にこそ似つかわしいと。

アスムは、震えるセーファの手を取ると、輝くブレスレットをそっと、彼女の細い手首に嵌めた。

「あ、ちょっと大きかったかな」

「ううん、大丈夫……すごくきれい……」

セーファが、手首に輝くブレスレットに、困惑しつつもうっとりと目を細める。

「ありがとう。でも、これ……もしかして、とても高価なものじゃないの？」

「ああ。高かったよ。これまで貯めていたお金をすべて叩《はた》いて、やっと手に入れられたくらいにはね」

プラチナのきらめきに精緻《せいち》な彫刻が施されたブレスレットに、嬉しそうに顔を綻ばせたセーファの手を握ると、アスムは言った。

「でも、これは僕の愛の証なんだ。だから……何度でも言う。結婚してくれ、セーファ」

「…………」

セーファが無言で、アスムの目を見た。

その澄んだ目に空と海とアスムの顔を映したセーファは、ややあってから――。

「もう、アスム……必死すぎるよ」

プッ、と可笑《おか》しそうに吹き出した。

「なんだよ、僕は真面目にお願いしてるんだよ?」

「わかってる。もう。わかったから」

セーファは肩を竦めると、改めてアスムに向き直った。

「アスムには負けたよ」

「えっ、それって……」

「うん。オーケーって意味」

口元に幸せそうな笑みを浮かべながら、セーファは言った。

「本当はね、私もいつかアスムと一緒になる、結婚するんだってずっと思ってた。だから、その願いが少し早まっただけ。でも……まさかこんなに素敵なブレスレットとプロポーズを用意してたなんて、全然気づきもしなかった。ねえ、一体いつからこんなことを考えていたの?」

「うーん、君と初めて会ったときから、かな?」

「何それ……ずるいなぁ」

不意にアスムに顔を寄せ、頬に小さくキスをした。

そして潤んだ瞳に喜びを溜めながら、アスムを見つめた。

「改めて、私からもプロポーズさせて。……アスム、私と結婚してください」

「もちろん!」

アスムは力いっぱいセーファを抱き締めると、彼女の瑞々しい唇を奪う。

「……わっ！」

セーファは、驚いたように肩をびくりと震わせた。

けれどすぐに力を抜き、その身体をすべてアスムに預けた。

愛情を確かめるように、しばしお互いの唇を貪《むさぼ》った後――。

アスムは、もうひとつの決意を口にした。

「お願いがあるんだ」

「なあに、アスム」

「結婚したらすぐ、子供を作ろう」

＊

「……えっ？」

アスムの言葉に、セーファは目を丸く見開いた。

プロポーズを受けたときより驚いた彼女は、すぐに顔を赤らめ、目を伏せた。

「えっと、それは……でも……それは、さすがに……」

「もちろん却下されるかもしれない。許可されるかどうかはカーネ次第だ。だめならだめでも仕方ない。でも、もしかしたら認められるかもしれない」

「確かにそうだけど……」

再び、強い戸惑いの色がセーファの表情に浮かんだ。

その理由は明らかだった。なぜなら、珊瑚礁の島において子供を作ることは、結婚すること以上にハードルが高いものであったからだ。

カーネが現在の平和をもたらす以前、人々は資源を奪い合うようにして暮らしていた。水。食糧。エネルギー。それら人間が生活をする上で必要とする物資は、常に、そのときに存在していた人間を維持するのに十分なものではなかった。この問題に対し、人類は「闘争」という手段で臨んだ。だが、失敗した。大災厄を経てもなお、人類は具体的な解決策を見出《みいだ》すことができず、諦めとともに滅びへの一途を辿っていったのだ。

どうしてこんなことになってしまったのか？

絶滅寸前の人類が作り上げたカーネは、ひとつの結論を導き出した。

すべての原因は、資源と人口の不均衡にある。

言うまでもなく、人間は何よりも尊い。だが、その存在を尊いまま維持するためには、地球はあまりにも脆弱《ぜいじゃく》だった。ならばどうすべきか。

答えはひとつ。地球が維持できないほど人口が増加してしまわないよう、その調整を行えばよい。

当然といえば当然の結論だ。だが、その当然のことが、大災厄前の闘争に明け暮れる人間には実行することができなかった。そもそも肥大化する人類には、そんな発想さえなかったのだ。

しかし、人工知能であるカーネは、この結論を即座に実行に移した。

これが今に続く、繁殖行為の許可制だ。

この時代、人々の結婚は、人々の通念と人々の自由意思により成立していた。

珊瑚礁の島における通念とは、夫と妻のどちらかは少なくとも研究生であるべきだ、という考え方だ。学生という地位では、まだ伴侶《はんりょ》に対する責任を負えないのではないかという懸念が、この通念の根本にあった。

もちろん、通念はあくまでも人々が決めるものだ。例外も合理的な範囲内で成立し得る。すなわち、周りが認めるなら地位とは関係なく結婚が許されるのだ。そもそも、本来的には周りが認める必要すらないとも言えた。珊瑚礁の島において尊ばれるのはあくまでも個人の自由意思だからだ。だからこそアスムは「周りがどう思うかだけの話だ」と言ったのだ。

だが、こと子作りとなると、話は別だった。

子供を作るということは、人口が増えるということ。しかし、人口と資源の不均衡がもたらした歴史に照らして考えれば、それがたとえ自由意思に基づいていたとしても、必ずしも常に許される行為ではなく、カーネによって厳重に管理されるべきものとなる。

かくして、出産はカーネによる厳しい制限の下、管理されることとなったのだ。

カーネによる管理は、各コミュニティに少なくともひとつ設置されたバースセンターを通じて行われていた。

バースセンターの具体的な役割は「遺伝子管理」と「妊娠管理」の二つだ。

結婚を認められた夫婦は、子供を作ろうと思うとき、まずカーネに許可の申請を行う。カーネは、申請した夫婦の遺伝子情報をバースセンターに照合し、相性を見る。潜性遺伝子の発現があるかもしれないからだ。さらに、そのコミュニティの人口動態を踏まえ、問題ないと判断すれば、その夫婦に子供を作る許可を出すのだ。

許可を受けた夫婦は、定期的にバースセンターに通って健康管理を受けながら、生殖行為を行う。その結果、妻の妊娠が認められれば、引き続きバースセンターに通いつつ、十ヵ月間の妊娠期間を経て、出産するのである。

いずれにせよ、カーネやバースセンターの介在なくして、妊娠、出産はあり得ない。これが、カーネの統治が行われるようになった六百年前から連綿と続く、厳格な「人類のしきたり」であった。

だからこそ、アスムとセーファの若さや、二人の地位がまだ学生であることを踏まえれば、カーネから子作りの許可を引き出すことが、結婚をすること以上に困難——と言うよりも無謀——だと、二人には容易にわかったのだ。

それでもアスムは——。

「僕は今すぐにでも、君との子供が欲しい」

今一度、懇願するように言った。

当然、セーファは訊いた。

「どうして？　それって……したいだけ？」

「違う！　それは絶対に違う」

アスムは強く否定した。

もちろん、性的欲求はある。まさに今も、アスムの本能は、すぐにでも目の前にある者を組み伏せ、その身体を思うがままに味わいたいと欲情している。

でも――そういうことじゃない。

「僕は心から子供が欲しい。ただそれだけなんだ」

「わからないよ。なんでそんなに急ぐの？　私たち、まだ二十歳にもなっていないんだよ」

「それは……」

当然の疑問だ、とアスムは思った。

慎重になって当たり前だ。妊娠のリスクを負うのはセーファの方だからだ。それでなくともセーファはまさに今結婚を承諾したばかりだ。そのうえさらに、今すぐ子供を作れるかどうかなんて、即座には決められない。

実のところ、アスム自身も疑問ではあった。なぜ自分は、セーファとの子供を今すぐ作ることを望むのか？　時がくればいくらでも子作りはできるようになる。珊瑚礁の島における一般的な出産年齢は大体二十代後半だ。まだ二十歳にもなっていないのに子供を作るというのはあまり前例がないし、ましてや二人とも学生の地位では、それがカーネに許されるとも思えない。

だったら、何もこんなに急がなくともいい。少なくとも、プロポーズをしたその直後に迫ることではない。アスム自身も、理性ではそう理解しているのだ。だが――。

それでも、子供を作ることを急ぎたかった。

なぜなら——。

「セーファ、君を愛しているからだ！」

アスムは、セーファの瞳を見つめながら断言した。

その言葉に嘘偽りはない。ないのだけれど——。

正直に言えば、それだけじゃない。

後ろめたさを覚えながらも、アスムは畳み掛けた。

「僕は君を愛している。愛している女性に自分の子供を身ごもってもらいたい、そう思うのは、別におかしなことじゃないだろう？」

「それはわかるよ。でも……」

「何も今じゃなくてもって言いたいんだろう？　わかってる。僕も理屈ではそう思っているさ。でも、僕の本能はそうは言っていないんだ。僕は君との子供を今すぐにでもこの手で抱き上げたい。そうしたくて堪《たま》らないんだ。なぜって……僕の心が、それを求めているから」

「…………」

セーファが口を閉ざした。

一方的過ぎたかもしれない。にわかに不安を覚えるアスムに、セーファは苦笑いを浮かべながら、豊かな黒髪を揺らした。

「アスムって、本当にばかね。でも……いいよ」

「いい？　それは……」

「子作りをカーネに申請してみましょう。私だって、アスムとの子供は欲しいもの」

「本当かい！」

「もちろんカーネが許可してくれればだけど」

「わかってるさ！」

感極まったアスムは、思わずその場でセーファを抱き上げた。

きゃっ！　と小鳥のような声を上げたセーファの身体は、小さく、細く、まるで羽毛かと思うくらいに軽かった。

アスムはそのまま、はにかむセーファを抱いたまま、くるくると砂浜を回った。

プロポーズの成功、そして子作り。

愛する女性に二つの決意を受け入れられて、これ以上の幸せがあるだろうか？

「ありがとうセーファ、本当にありがとう！」

祝福するようなくっきりとした日差しの中、上質な絨毯《じゅうたん》のような柔らかな砂浜を、セーファを抱きかかえながら、すべてを振り払うように回り続けた。

けれど、本当は――。

アスムはいまだ、心に垂れ込める暗雲を振り払うことができずにいた。

子供を作りたいのは、なぜか。

君を愛しているからだ。

そう言った。間違いじゃない。けれど、正確でもない。

本当は——アスムは焦っていた。

セジに襲われたセーファ。シュイム学長から渡された映像チップ。今なお不穏を宿すカレッジ。これらの出来事を前にして、アスムはもう忍耐強く待つことができなくなっていたのだ。

今結婚しなければ、今子供を作らなければ、いずれ後悔してしまうかもしれない。そんな恐ろしい想像に居ても立ってもいられなくなっていたのだ。

だが——もっと恐ろしいことがあった。

それは、アスム自身だ。

「セーファ。僕は君を愛している。必ず幸せにするよ。本当にありがとう、ありがとう……」

繰り返し感謝の言葉をセーファに捧げながらも、アスムは気づいていた。

脳に穿たれたあの二つの瞳に、まさに今も、余すところなく覗かれ続けているのだと。

*

「嘘だろ?」

思わず、カーネに訊き直した。

望んでいた答えが、拍子抜けするほどあっさりと返ってきたからだ。

けれどカーネは、アスムとセーファの二人に向かって、その結論を、いつもと変わらない調子で告げたのだった。

『いいえ、嘘ではありません。アスム、セーファ、あなた方二人の結婚を承認した上で、繁殖行為を許可します』

「…………」

アスムは困惑しながら、セーファと顔を見合わせた。

――こんなに簡単に、許可が貰えるものなのか？

にわかには信じられなかった。セーファも戸惑っているようだった。まさか、子作りの許可がこれほどすんなりと下りるとは。

僕たちは結婚します。ついては、妊娠と出産の許可をいただきたいのですが――アスムたちがカーネに投じたこの質問は、もちろん無理を承知のものだった。

まず間違いなく却下されるだろう。でも、もしかしたら条件付きで認められるかもしれない。ダメで元々、許可されれば儲《もう》けもの――そんなふうに開き直って問うたからこそ、カーネがまさかこんなにもあっけなく「許可」するとは、夢にも思わなかったのだ。

だから、むしろ訝しかった。

カーネはなぜ、これほど易々《やすやす》と許可したのか？　何か、裏があるのではないか？

そんなアスムの心の内を読んだのでもないのだろうが、カーネはすぐ補足した。

『この許可に関連して、アスムにひとつお報《しら》せがあります』

「なんでしょうか」

『あなたは本日付けで、「研究生」となりました』

「えっ？」

寝耳に水の通知。呆気《あっけ》に取られるアスムに、カーネはなおも続けた。

『本日から、あなたはカレッジにおける研究活動を研究生として行うことができます。詳細はカレッジから追って連絡があると思いますので、以後は学長の指示に従ってください』

「……本当ですか？　夢じゃ……ないですよね？」

『本当ですよ。夢でもありません。よかったですね、アスム』

気のせいか、カーネが祝福するような声色で言った。

「僕が、研究生……」

「やったね、アスム！」

呆然《ぼうぜん》としたままのアスムに、セーファが、満面の笑みで抱きついた。

「こんなに早く研究生になれるなんて、やっぱりアスムはすごい人だったんだ。さすが私の旦那《だんな》様だね！」

「あ、ああ……そうだね」

そうか。僕は、研究生になったのか。

その事実を頭の中で繰り返しているうち、じんわりと喜びが込み上げてきた。

僕はついに、憧れの研究生になったんだ、なることができたんだ。

地位だけじゃない。結婚もできた。子作りも許された。

つまりアスムは、欲していたものをすべて、手に入れることができたのだ。

訳もわからず大声を張り上げたい欲求にかられながら、アスムは突き上げてくる衝動をぐっとこらえると、その代わりだとでも言うようにセーファの身体を強く抱き返した。

「きゃっ！」

セーファが小さく、けれど嬉しそうに叫ぶ。

構わず抱き締める。幸福を全身の五感で味わいながら――。

――でも。

幸福の絶頂にありながらも、頭の片隅《かたすみ》で、薔薇色《ばらいろ》の現実の底に沈殿する淀みに気づいてしまった。

ああ――そうか。だからか。

僕は研究生の地位を得た。だから、カーネも僕たちが子供を作ることについて許可できたのだ。

だとすると――。

「…………」

不意に、背筋に冷水を浴びせ掛けられたような感覚に襲われた。

シュイム学長だ。

彼が、すべてを見越した上で、僕を研究生に昇格させたのだ。

当然、何らかの意図がそこにはある。さもなくば、まだ大した結果も出していない学生を昇格させるなどあり得ないからだ。

つまり、すべては彼の計算があってのことなのだ。異例の速さで研究生となったことも、結婚と出産が許されたことも、何もかも――。

「アスム、痛いよ」

「あっ、ごめん」

セーファの言葉に、我に返ったアスムは腕の力を抜く。

謝りながら、今度はそっと、繊細な手つきでセーファの腰に手を絡める。

もはや穏やかではいられなくなった内心を隠しながら。

＊

引越しはあっという間だった。

この島において、人々はあまり物を所有しない。研究に必要なものは研究室の共有物で事足りるし、衣服やアクセサリーといった私物にもさほど頓着《とんちゃく》しないからだ。家具は貸与される住居に備え付けてあるし、金銭もカーネが管理している。結局、引越しといっても、身の回りのものをトランクに詰め、指定された家に移るだけで終わるのだ。

二人に新しく与えられた家族用の家は、これまでアスムやセーファが過ごしていた単身用のそれの倍ほどの広さがあった。

リビングとバス、トイレ、寝室のほかにも、夫と妻の部屋がそれぞれひとつずつある。さらに一部屋、空室があったが、そこは「子供部屋」だ。夫婦に子供ができた場合、子供用のベッドや机などをこの部屋に置き、その子供が六歳でカレッジに所属するまでの間、養育するのだ。

「ここが、私たちの家になるんだね」

手早く自分の荷物を部屋に片付けると、セーファがリビングのソファに浅く腰掛けた。

アスムは「そうだね」と頷くと、セーファの横に座った。

「やっと、同じ屋根の下で暮らせるよ」

そう言いながら、アスムは胸に万感の思いを抱いていた。

幼馴染のセーファ。彼女は物心ついたときからアスムの傍にいた。ともに過ごし、ともに学び、ともに成長した。やがて、彼の身長だけが伸びるのに気づいたとき、アスムは、セーファがただの友人ではないのだと気づいた。

恥ずかしくも切ないその気持ちの正体が恋だと知ったその日から、アスムは心から願うようになっていた。

セーファを妻にしたい。死ぬまで一緒にいたい。

だからこそ、アスムは待ち望んでいたのだ。この日が来ることを。

「これからはアスムと一緒のベッドで眠れるんだ……嬉しいな」

アスムの耳元で囁くように言いながら、セーファは、屈託がなく、無邪気で、それでいて艶のある笑顔を見せた。

「僕もだよ」

アスムは、居ても立ってもいられず、セーファの真正面に向かい、細い肩を抱く。

じっと、彼女を見つめる。

「……どうしたの？」

「愛してる」

「私もよ。愛してる」

セーファが、目を閉じた。

アスムは、彼女が結ぶ柔らかな唇の上に、自分の唇を重ねた。

「ん……」

セーファが、小さな声を上げる。

本能の赴くまま、彼女の唇を舌でこじ開けた。

「……っ！」

びくり、とセーファが身体を震わせた。しかし、すぐに無遠慮なアスムの舌を優しく抱き止めると、自ら手をアスムの腰に回す。

睦まじい無言の愛の交換が、何十分も続いた。

アスムは時々、薄目を開けた。自分の睫毛とセーファの前髪が織りなす影の向こうに、汗ばんだ鼻筋と、上気した頬が見えた。その蠱惑《こわく》的な色に誘われ、アスムはなお勝負を挑むかのごとく、愛情に溢れる彼女の口の中を踊り回った。

やがて、昂りが最高潮に達したとき、なぜかセーファは、ふと我に返ったようにすっと唇を離した。

躊躇い？　それとも――。

「……どうしたの？」

不安げに問うアスムに、セーファは、焦らすような数秒を置いて、囁いた。

「ベッド、行こう？」

定まった形をなくした黒い瞳をなお潤ませ、セーファは甘い息を吐いた。

＊

アスムがカーテンを閉めると、寝室が惑うような仄暗さを纏った。

けれど、セーファの一糸まとわぬ肢体は、むしろ輝きを増している。

譬《たと》えるなら、それは大理石でできた精巧な彫像だ。滑らかで、傷ひとつない優美な曲面。僅かな凹凸を持つ人肌の質感。それらが織りなすグラデーション。暗さこそが、その美しさを際立たせる。

アスムは感動していた。まるで、この世のものとは思えない。

けれどアスムはすでに知っている。それは、驚くほどの柔らかさとしなやかさを持つ現実の肉体なのだと。繊細で、儚《はかな》くありながら、豊穣《ほうじょう》な大地をも思わせる彼女の裸身は、時折、意地悪な長い黒髪に隠されながらも、確かな存在感とともに、ここにある。

「こっちに、おいでよ」

堪えきれず、セーファを誘う。

彼女は、顔を赤らめた。

「恥ずかしいよ……」

セーファの下半身で、薄い体毛が影のように揺れた。

夫となるもの以外は見ることがない、彼女の隠された部分が今、露わになった。全身を雷に打たれたような恍惚《こうこつ》に震えながら、アスムは最後の理性を掻き集めると、いつか学んだ男の作法に従いながら、セーファに覆い被さっていった。

「アスム……」

彼の下で、セーファが吐息を漏らす。

唇に唇で応えながら、アスムは彼女の肌にそっと触れた。

「あ……」

初めて聞く喘《あえ》ぎ声。

アスムは一瞬、自分たちを俯瞰《ふかん》で覗いている何者かがいて、その何者かが自分たちを笑ったと錯覚した。けれど、それが紛れもない彼女自身の声だと理解すると、アスムはむしろ、その事実の愛おしさに、胸が締めつけられた。

「大丈夫。僕に任せて」

そう言うとアスムは、その場所へと指先を這《は》わせた。

それは、触れたのかどうかもわからないほど繊細だった。

アスムはふと、涙に潤む瞳を想像した。もし指に視覚があったなら、そこには驚くほど美しい花が咲き誇って見えただろう。あまりに可憐な佇《たたず》まい。アスムはしばらくの間、ただただその感触だけに集中する。

「ね、アスムも……」

セーファが、指を伸ばした。

触れた途端、ぞわっと全身の毛が逆立った。

呼吸が乱れる。溺《おぼ》れそうだ。アスムは必死で、息を継いだ。

だが、否応ないセーファの動きに、何かが弾けた。

「ああっ！」

制御できない声が漏れる。

セーファは、そんなアスムを見上げ、口元を妖しく綻ばせた。

「これがいいの？」

彼女の指が、遠慮なくアスムをまさぐる。

大波がアスムを何度も襲った。そのたびアスムはぐっと声を押し殺し、セーファのいたずらに耐えながらも、ようやく反撃を試みる。

「いや……あっ」

セーファが短い声を発した。

言葉とは裏腹に、セーファの腕はアスムの首に絡まった。指先が染み出た愛情を掬《すく》い取る。潮時と判断したアスムは、セーファの耳朶《じだ》を噛みながら、許しを乞うた。

「……いい？」

セーファが無言で頷く。

体勢を変えると、アスムは、彼自身でそっとセーファに口付けをした。

セーファが、下唇を噛み仰《の》け反《ぞ》った。

呻くような声が鼓膜《こまく》を震わせる。その熱を帯びた音色に、アスムの脳幹が蕩ける。

暴力的な歓喜の波が打ち寄せる下半身に主導権を奪われそうになりながら、アスムはただ、ゆっくりと身体を動かした。

「ん……あっ……」

動きとともに、セーファの声がはっきりとした形を成す。

その輪郭のあまりの可憐さに、情欲がとめどなく溢れ出す。

「あ……あ……あっ……」

アスムの動きにあわせ、リズミカルな反応が返ってくる。彼女の小さな身体は、やがて、アスムに組み伏せられながらも、むしろアスム自身を大きく抱き止めようとするように、無尽蔵の愛情で包み込んでいく。そんな錯覚に、アスムの心はどうしようもないほど昂った。

ふと、鼻腔《びこう》がくすぐられる。甘さと酸味が混然一体となった、不思議な匂い――。

セ、セ、セーファの匂いだ。

瞬間、快感が螺旋階段を駆け上った。

セーファが、アスムの手を握り締めながら、胸を反らせた。

ああ、同じ階段を駆け上がっている。

二人の頂きがすぐそこにある。

「あっ、あっ、あっ、あっ……」

息遣い。混ざりあう声。

それらを食い尽くすように、お互いがお互いの唇を荒々しく貪る。

ふと――天頂から光が差し込む。

身体が、宙を舞う。

全身が眩《まばゆ》い光に包まれる。

歯が乳房を食《は》み、爪が皮膚《はだ》に痕を残す。

体重がゼロになり、思考が砕《くだ》ける。そして――。

「ああっ！」

光が、爆発した。

爆風が全身を包み込む。制御できない波が下半身で蠕動《ぜんどう》し、切ない呻きがとめどなく漏れる。

ああ――何も考えられない――。

セーファも仰け反り、小刻みの痙攣を繰り返す。

――絶頂。

未知のそれが、何十秒も続く。

茫洋《ぼうよう》とした忘我の境地に揺蕩《たゆた》うアスムは、やがて、我に返ったように意識を取り戻す。

その瞬間、身体から力が抜け、ベッドに肘を突いた。

顎から滴り落ちる汗が、彼女の上下する胸に弾かれ、流れていく。アスムはやっと、終始激しい息遣いが自分の口から漏れていたことに気づいた。

「アスム……」

頬を桃色に染め、セーファが甘い声で囁いた。

アスムもまた、彼女の名前を呼んだ。

「セーファ……愛してるよ」

彼女が、嬉しそうに微笑み目を閉じる。

唇に軽く触れるようなキスは、あまりに軽やかで、まるで火の玉のような二つの情熱をからかっているようだった。

＊

ほどなくして、すう、すうと穏やかな寝息が聞こえてきた。

行為の余韻と心地よい疲れの狭間にいるセーファに、そっとブランケットを掛けてやると、アスムは改めて、彼女の肢体をじっと見つめた。

差し込む月の光に、汗ばむ肌がきらめいている。

「きれいだ……」

無意識に、純粋な呟きが漏れた。

――この美しい女性が、今日、僕の妻になった。

そして今夜、二人はカーネによって許された繁殖行為――すなわち子作りをした。

やがて彼女はアスムとの子供を身籠《みごも》るだろう。出産し、家庭ができるだろう。そして、かつてアスムの両親がそうであったように、幸せで穏やかな家庭を作ることになるだろう。

その輝かしい将来のために、アスムはまず、何をするべきか？

その答えは明らかだ。生業に励むのだ。研究生として研究に打ち込み、助教授になる。次に教授になる。やがて、妻と子が尊敬できる夫となり、父となる。そして二人を全力で守る。

つまり、男として義務を果たすのだ。

けれど――。

「…………」

一瞬、アスムは訝った。

こんなにも幸せで、こんなにも満足で、こんなにも希望に満ち溢れ、こんなにも自分のすべきことがはっきりとしているというのに。

何なのだろう。その一方で感じ続けている、このざわつきは。

不満？　焦り？　それとも――。

どうしたらいいかわからず、アスムは横たわり、ぎゅっと目を閉じた。

それから、何度も心の中で自問を繰り返す。

どうすれば、この不安は消えるのか。

この気持ちを、どう咀嚼《そしゃく》してやればいいのか。

何をどう処理してやれば、この満ち足りなさを解消できるのか。

妻となったセーファは、自分のすべてを捧げてくれた。

なのに、なぜこんなにも僕の心は落ち着かないのか。

強く目を閉じる。瞼の裏の暗闇から、今もまだあの二つの瞳孔が、寂しい光を放っている。

またお前か——いい加減にしてくれ！

幸せな寝息を背後に、アスムはひとり、押し寄せる葛藤に煩悶《はんもん》し続けた。

＊

二人が夫婦となり、しばらく経った。

それはアスムにとって間違いなく、人生で最も幸せな時間だった。

これまで、二人はそれぞれ単身用の家にひとりで住んでいた。お互いの家を行き来することはあったものの、一夜を共にすることはなかった。そんな生活が、結婚をしてがらりと変わった。

朝、目が覚めれば隣に愛する人がいる。一緒に食卓を囲み、出かけるときも一緒だ。ともにカレッジに通い、市場へも、あの浜辺へもいつも一緒に行く。家に戻れば、また一緒に食事をし、一緒に入浴をして、一緒のベッドで眠る。誰よりも大切な存在が常に傍にあるという生活は、愛しあう二人にとっては、何よりも幸福なことだった。

それを証明するように、いつもセーファが腕に嵌めるブレスレットは、あるときは太陽の日差しを浴びて華やかに、あるときは月の光を浴びて艶《あで》やかに、あるときは寝室のランプの灯の下で妖しく輝いた。そのきらめきを見るたびに、アスムは魅了され、同時に、ブレスレットを譲ってくれたイルに感謝しながら、船乗りである彼が今、どの海にいてどんな波を見つめているのか、思いを馳《は》せるのだった。

だが、そんな幸福に満ちた毎日の一方、アスムの周辺にはいくばくかの不穏も忍び寄っていた。

まず――アマミクが姿を消した。

結婚して以降も、アスムは研究生として、きちんとマダム教授の研究室に通っていた。セーファも復帰が叶い、アスムと一緒に研究室へ行くようになっていた。夜間の立入禁止令は継続していたものの、昼間のカレッジはいつもどおりで、一見、かつての平和を取り戻したようにさえ見えた。

しかし、いつ行ってもアマミクの姿はなかった。

元々、あまり研究室に顔を出す人ではなかったし、これまでも不在にすることが多々あったが、それにしてもあまりにも見掛けない。

心配したアスムは、マダム教授に訊いてみた。

「アマミクさんは、どうされているんでしょうか」

「そういえば、最近は見かけないわね」

マダム教授は少し考えてから、いつも笑みを絶やさない彼女にしては珍しい神妙な顔つきで言った。

「どうしたのかしら……心配ね」

研究室の主である彼女が知らないのならば、アマミクは本当に行方不明となってしまったことになる。アスムは言い知れぬ不安を覚えた。

そして、もうひとつ。

結婚してからちょうどひと月目の、その日。

シュイム学長が突然、珊瑚礁の島にいるすべての人々に対して通告した。

――昼夜を問わず、カレッジへの立ち入りを禁ずる。

「えっ……？」

突然の宣言だった。

アスムとセーファも、そのことを知って言葉を失った。

特別な事情もなく、また予告もなしに行われた、このカレッジへの全面的な立入禁止は、珊瑚礁の島の人々に大きな衝撃を与えた。とりわけカレッジに所属している助教授や研究生は、カレッジに行かなければ研究が続けられない場合が多く、「カレッジに入るな」という指示は「研究をするな」ということと同じだと、皆、戸惑っていた。知の探究を生業とする自分たちの使命を阻もうとしているのではないかと、シュイム学長の決定を訝しむ者もいた。

だから彼らは、即座にシュイム学長に対して、この指示の根拠を開示するよう求めた。

なぜカレッジに入ってはいけないのか、納得できる理由を教えてほしい。そう要求したのだ。

シュイム学長は、その要求にただ一言で答えた。

「カレッジは現在、危険だからだ」

シュイム学長はそれ以上、頑として説明しなかった。危険とは具体的に何なのかを問うても、同じ言葉を繰り返すばかりだった。

誰もが、なお不審を抱く中、ただアスムだけが——その理由を知っていた。

あの日、シュイム学長がアスムに述べた台詞。

アスムは一言一句、漏らさず覚えている。

——私は、近々カレッジを昼間も立入禁止にしようと考えている。

——セジがいるからだ。

——あれが学内にいる以上、もはや皆の安全を保つことはできないことが明らかになった。昼も夜も人払いをしなければ、さらなる犠牲者が出ることになるだろう。そうならないために、常時、立ち入りを禁ずる必要があると判断している。

——これも、学長である私の務めなのだ。

アスムには今や、はっきりと理解できていた。

もはや、カレッジは安全ではない。

むしろ、危険だ。

だからシュイム学長は、あのときの言葉を実行に移しているのだ。

「……どうしたの、アスム？」

不安そうに、セーファがアスムの頬に触れた。

ひんやりとした彼女の指先が、火照《ほて》った頬の熱を奪う。自分は今、さぞ険しい表情を浮かべていたのだろうと自覚しながら、アスムはあえて作り笑いを浮かべた。

「なんでもないよ。残念だなと思っていただけさ。だって、これでしばらくカレッジで研究ができないわけだからね。研究ができなきゃ、助教授や教授にもなれないし……まあ、学長がそうおっしゃるのなら仕方がないけれど……」

適当な理由で誤摩化しながら、セーファの髪を優しく撫でると、彼女は、ほっとしたように眉尻を下げ、顔をアスムの厚い胸に寄せた。

そして、ふと思い出したように、恥ずかしそうな小声で言った。

「ねえ……私、アスムに伝えたいことがあるの。……聞きたい？」

「どうしたんだよ、改まって」

「今日、バースセンターに行ったの」

カーネに子作りを許可された後、安全な妊娠と出産を行うため、妻はバースセンターで定期的な検査を受けることが義務付けられている。

だが、それがどうしたというのか。訝しむアスムに、セーファは、はにかみながら続けた。

「そこで、私、教えてもらったんだ」

「何を？」

「子供が、いるって」

「えっ……？」

一瞬、意味が分からず、アスムは目を瞬いた。

「子供？　どこに？」

「私のお腹《なか》の中」

「それって……妊娠しているってこと？」

「うん。ここに、アスムと私の子供がいるの」

紅潮した頬をアスムに向けると、セーファは、愛おしそうに自分のお腹を撫でた。

ようやく、アスムは理解した。

セーファはバースセンターの健康診断で告げられたのだ。彼女のお腹に、アスムとセーファとの遺伝子を分けあう新しい命が宿ったことを。

「やったぞ、セーファ！」

アスムは、思わず両手を高々と上に掲げた。

遂に、僕たちに子供ができたのだ！

唐突に、アスムの腹の底から何かが込み上げてきた。

それは、高らかな笑いだった。突然、おかしくて仕方がなくなったのだ。なぜこんなにおかしいのかわからないけれど、我慢はできなかった。

だから、アスムは声を上げて笑った。

それを見て、初めはきょとんとしていたセーファも、やがてくすくすと笑い出した。その可愛らしい笑い声がなんだか愛おしくて、アスムの笑いはもう止まらなくなった。

今さら、アスムは実感したのだ。

カレッジや、教授の職や、研究、知の探究。どれもこれも重要なものだけれど、そんなものよりも遥《はる》かに大切なものがこの世にはある。

妻と子だ。その二つがあるだけで、人は幸せになれる！

だからこそ、その喜びを僕は今、噛み締めていられる！

なんて素晴らしい気分なんだ！

この喜びは、何にも勝る――あの不思議な色の瞳にさえも！

「ありがとうセーファ！　君は本当に……すごいよ！」

まだ見ぬ我が子に思いを馳せながら、アスムは、セーファの手を握り締めた。

だから、気づいた。

セーファの手首に、ブレスレットがないことを。

だから、少しだけ――ほんの少しだけ、気になった。

なぜ彼女は、ブレスレットを嵌めていないのか？

たまたまか？　何か理由が？　失《な》くしてしまった？　それとも――。

「……構やしないさ！」

アスムはすぐ、そんなことはどうでもよくなった。

ブレスレットがなくたって、何の不都合がある？　失くしたのなら、またお金を貯めて買えばいいだけだ。そもそもブレスレットがあろうがなかろうが、そんなこと、今の幸福とは何の関係もないじゃないか。

ブレスレットはただのモノだ。こだわるのは馬鹿《ばか》らしい。

それより大事なのは、今ここに誰より大切な妻と子がいるということ。

十分じゃないか、それで。僕はもう、十分に幸せなんだから――。

セーファの髪に顔を埋め、彼女の焼き立てパンのような甘い体臭を嗅ぎながら、アスムはきっと、本心からそう思った。

VIII

あっという間に、三ヵ月が経過した。

幸いなことにセーファのつわりは、想像していたよりも軽かった。バースセンターで貰った薬がよく効いたのだろう。もちろん、それでも身体を大事にすることが第一だから、セーファは外に出ず、家で静かにしていることが多くなった。

カレッジはずっと閉鎖されたままだった。

アスムも、あれからカレッジには行っていなかった。研究室に行くことができないのは、アスムにとって残念なことではあった。だが、決して何もできないと嘆いているわけでもなかった。家にいてもできる研究はたくさんある。実験や実地調査は無理でも、カーネに訊けば情報は得られる。不自由さはあるが、ノートと筆記用具さえあれば、やれることはいくらでもあるのだ。

少なくとも悲観的になる必要はない。今はできることを地道にやるだけだ。そう割り切るとアスムは、家でセーファと終日をともに過ごしつつ、自分のできる活動に勤《いそ》しむという毎日を送っていたのだった。

それは、見方を変えれば、心から幸せな日々だった。

なぜなら、愛する人とずっと一緒にいられるのだから。

それでもなお――ふとしたきっかけで、あの台詞を思い出すことがあった。

――これも、学長である私の務めなのだ。

そのたびに、アスムの心はちくりと痛んだ。

自らの務めを果たそうとしているシュイム学長――彼は今、どこで何をしているのだろう？

＊

この三ヵ月間、アスムはシュイム学長と話をしていなかった。

というより、できなかった。会うどころか、姿を見ることすらなかったからだ。

シュイム学長ほどの人になれば、人前に出る機会も多いものだ。だが今や、それすらなくなっていた。島内の自治こそ、自警団によって平穏に保たれてはいたものの、肝心のシュイム学長だけが、珊瑚礁の島から忽然《こつぜん》と消えてしまったかのようだった。

一体、彼はどこに？

実は、答えはわかっていた。

シュイム学長は、カレッジにいる。

そもそもカレッジを立入禁止にしたのはシュイム学長だ。当の本人が、その原因を取り除くためカレッジに残っていると考えるのは当然のことだ。アスムに限らず、多くの人々の意見はそう一致していた。

だが、何をするためにカレッジにいるのか？　――この問いには、皆、首を捻《ひね》った。

カレッジは危険だ、というシュイム学長の言葉を手掛かりにすれば、何らかの事態に対処するためカレッジにいることはすぐにわかる。だが、その何らかの事態が何なのかと問われれば、はっきりとはわからない。以前、島内を騒がせた虐殺事件に関係しているとは思われたが――それ以上のことは何も、知らないのだ。

知っているのは、アスムだけだった。

つまり――シュイム学長は、セジに対処するためにカレッジにいるのだ。

アスムは、背の高いシュイム学長が、暗闇の中、熊のようなセジと対峙するさまを想像した。手には慣れない武器を持ち、たったひとりで巨大なセジに立ち向かうその姿――。

思い浮かべるたびに、罪悪感がアスムの心を苛んだ。

本当にこれでいいのか？　シュイム学長にすべてを任せて、自分はカレッジの外でのうのうと過ごしていていいのか？　あるいはアスムにも、成すべきこと――いや、成さなければならないことがあるのではないか？

「どうしたの、アスム？」

リビングで、頬杖《ほおづえ》をつきながらぼんやりと座り、窓の向こうに広がる夕焼けを眺めていたアスムの顔を、セーファが不思議そうな顔で覗き込んだ。

橙色の光に照らされてもなお、色づきがわかるほどに艶やかな頬。外に出なくなって、彼女は以前よりふっくらとしてきたような気がする。

「なんでもないよ。考え事さ」

アスムは、作り笑顔を返した。

「ちょっと研究で悩むところがあってね……行きづまりっていうのかな」

「ふうん。相変わらず、研究熱心だね」

セーファが突然、アスムの首に抱きついた。

「でも、たまには息抜きしないとだめだよ。根を詰めすぎると、身体を悪くしちゃうから」

「息抜きなら、毎日してるさ。君のお陰でね」

その身体を、アスムはひょいと抱き上げた。

「ひゃっ！」

小さな悲鳴とともに、セーファが身体を縮こませた。

相変わらず、羽のように軽い身体。それでも、確実に一人分、重くなっている。

二人分の生命を感じながら、アスムは細心の注意を払いつつ、セーファを寝室のベッドへと運んだ。

「君こそ安静にしてなきゃだめじゃないか。もう、君だけの身体じゃないんだぜ」

「はぁい」

右手を上げて、からかうような仕草が返ってきた。

「邪魔してごめんね、アスム」

「邪魔なもんか。むしろ、後で僕が邪魔をするから、覚悟しておけよ」

「……バカ」

ブランケットにくるまると、セーファは背を向けた。

愛くるしい仕草に、思わず口元が緩む。

だが、リビングに戻ったときには、アスムの表情はまた真顔に戻っていた。

再びチェアに腰かけると、彼は顎に手を当てて考え込む。

考えてみれば——不可解な気がするのだ。

何が不可解か。もちろんセジについて。正確に言えば、奴が起こした事件について。

順を追って整理してみる。

まず——セジの存在は、恐怖そのものだ。なぜなら、奴は人を殺すからだ。

実際、セジと対面し生きて帰ってきた者は、今のところアスムとセーファ以外にはいない。他の人々はすべて死んでしまった。自分たちは例外的に幸運なケースであったに過ぎない。基本的に、セジは出会う者をすべて殺す生き物なのだ。

しかも、その手口は残忍の一点に尽きる。

アスムは現に、犠牲者二人の死体を目の当たりにしている。

身体中が創傷だらけで、打撲の痕も多数。しかも夥《おびただ》しい出血。衣服はびりびりに破かれ、殺すというよりも、弄《もてあそ》んだ挙句に飽きたから捨てた、というような印象があった。もちろん、イルカがクラゲを突《つつ》きまわすように、セジにとっては遊び半分でも、か弱い人間にとっては激しい暴力となるのだから、残忍であるという結論には変わりがない。

一方で、その殺し方には少し違和感がある。

例えば——ナイフだ。

トムイもそう、クボもそう、あるいは珊瑚礁の島でセジの犠牲になった者のほとんどがそうなのだが、彼らは皆、最後に鋭利な刃物のようなもので心臓を一突きされ、その傷が致命傷となって死んでいた。言い換えれば皆、とどめを刺されていたのだ。

この行動に、アスムは少し意外さを感じていた。

なぜなら、その最後の行為だけが、無秩序に獲物をいじくり回し続けたセジの行動の中で、妙に異質なものに感じられたからだ。

道具を使い確実に命を奪うということ。そこには妙に高い知性が感じられるのだ。

もっとも、セジに一般的な動物以上の知性が備わっていると思われる証拠は、すでにいくつもあった。警戒心の強さもそうだし、道具の概念があることもそうだ。犠牲者の服のみを破るという器用さも、知的行動のひとつと捉えることができるだろう。

つまり、セジはただの粗暴な獣ではなく、何らかの知性に基づいて暴行を働いている。当然、刃物も、セジはそれがとどめを刺すものだと理解した上で使用していることになる。

しかし——そうだとすると、さらなる疑問が生まれる。

なぜセジは、とどめを刺すときにだけ道具を使ったのだろうか。

セジの暴力は、全体として力任せに行使されている。現に被害者の遺体には、そうした極端な暴力の痕跡がいくつも残されていた。

一方で、セジは最後にとどめを刺すときだけ道具を使った。考えてみればこれは奇妙なことだ。そんなものに頼らなくとも、セジにとっては相手を死に至らしめることくらい容易いはずだ。にもかかわらずなぜセジは道具を用いたのか？

奇妙だというなら、もっと不可解なことがある。なぜ、とどめを刺されていない被害者がひとりだけいるのだろうか。

そう、彼の死体の胸には、大きな創傷はどこにもなかったのだ。

シュイム学長も言っていた——彼が、あそこまでいたぶられ、とどめも刺されず残酷に殺されたことを、どう解釈するべきか？

「…………」

無言のまま、アスムはチェアの背凭《せもた》れに体重を預けた。

考えれば考えるほど、不可解なことだけが増えていく。

そして同時に、あの警句をまた、まざまざと思い出す。

——世界には禁忌と呼ばれるものが存在する。もしそれに出くわしたとしても、決して触れてはならない。

アスムは長い溜息を吐いた。セジとはやはり、触れてはならぬ禁忌なのだろうか。

触れてはならぬものに触れたから、ヤブサト助教授はあんなことになったのだろうか。

だから、人々があんな目に遭わされたのだろうか。

いや――そもそも禁忌とは何なのだろう。それは、触れてはならぬものなのか。それとも、触れてはならぬこととしているものなのか。もしかすると、禁忌に触れたからではなく、恣意《しい》的に禁忌を作ることによって、人間は、人間のあるべき姿と乖離《かいり》して――だからこそ、こんな事態を招いてしまったのではないのだろうか。

結局、シュイム学長は何を知っているのだろう。

学長は今、何を思い、何を目的として、何をするために、ひとりカレッジに残っているのだろう――。

――考えども、やはり何もわからない。

むしろ無駄なことをしているようで、考えるのが億劫《おっくう》にさえなってしまう。

顔をしかめたまま首を横に振ると、アスムは不貞腐《ふてくさ》れたように、ポケットに手を突っ込んだ。

「……？」

ふと、指先に何かが触れた。

小さく、固い。冷たく、角張っている。アスムはそれをゆっくり取り出す。

映像チップだった。

突然、記憶がまざまざと甦《よみがえ》る。

思い出した、これはシュイム学長が自分に預けたものだ。

反射的に、アスムは考える。もしかして、これを見れば、おのれの疑念もすべて解けるのではないか？

だが、勢い込むアスムの耳の奥で、シュイム学長が囁いた。

――私の身にもしものことがあったら、君に、この中の映像を見てもらいたい。

君はそのときになったら、必ずこれを見るのだ。この映像チップの中身を確認するのだ。どうか約束してほしい。これは、君だからこそ頼めることなのだ――。

「……そのときになったら、か」

アスムは独り言のように呟いた。

もしものことがあったら――そのときになったら――。

なるほど、僕にもこのくらいはわかる。まだシュイム学長の身に何かが起きたわけじゃない。

つまり、今はまだそのときじゃない。

誘惑を振りほどくように、アスムは少しぞんざいに映像チップをポケットの中へと戻した。

ベッドから、安らかなセーファの寝息が聞こえてきた。

気が付けば、窓の外は夜に包まれている。

満月が上ろうとしていた。その輝きは、あの不思議な色に少し似ていた。

＊

さらに、三ヵ月が経過した。

セーファが妊娠してからの半年は、時が光の速さで流れているようだった。二人で過ごす生活が新鮮で、時間を感じる暇がなかったからかもしれない。

気が付けば、セーファは窓際の椅子に座るとき、背凭れに身体を預けるようになっていた。お腹の子供に負担が掛からないようにするためだ。彼女は時々、身体の中に宿る生命に語り掛けるように、愛おしそうにお腹を撫でた。そんな何気ない仕草に、アスムはいつも母の情愛を感じ取った。セーファの気持ちは、なんとなくアスムにも理解できた。だから彼もまた、彼女の傍《かたわ》らに侍《はべ》りつつ、その対話を邪魔しないよう無言で見守った。

カレッジは、相変わらず立入禁止が続いていた。

正門は閉ざされ、敷地の中に誰かがいる気配もない。夜になっても、どの建物にも明かりは灯らず、まるで廃墟のような寒々しさだけが漂っていた。

この半年間、シュイム学長は一切姿を見せなかった。

学長がどうしているのか、誰も知る者はなく、ただ、ずっとカレッジの中にいるのだろうという推測だけが流れていた。カレッジはすでに廃墟同然だが、いまだ水道は通っているし、食料も備蓄された非常食があるから、どうにか生きてはいける。それでも、そこまでして一体何のために、こんなに長い間学長はカレッジにいるのだろうか。

何をしているのか。いつ帰ってくるのか。そもそも生きているのか――学長の不在について、人々は皆、不可解を通り越し、不気味だと感じ始めていた。

家で研究を続けるアスムももちろん、シュイム学長のことはいつも頭の片隅にあった。

シュイム学長が今もセジと対峙しているということは、アスムにはわかっていた。だが何も起こらないまま半年も経てば、一体何が起こっているのか、学長が無事でいるのかさえわからない。それが気掛かりだった。

気になるといえば、アマミクもそうだ。彼女もまた、ずっと姿を見せずにいた。

彼女のことが心配で家を訪ねたこともあったが、案の定、部屋には誰もいなかった。

だから、たまたま市場にいたマダム教授を見かけたとき、アスムは即座に呼び止めた。

マダム教授と対面するのはいつ以来だろうか。久しぶりに指導教授と話をするのは、立ち話でも有意義なことだったが、ふとアマミクのことについて話が及ぶと、マダム教授は表情を曇らせた。

「私にもわからないの。彼女が一体どこに行ったのか……」

「ああ、教授もご存じないんですね」

「まさかとは思うけれど、カレッジにいるのかも。だとするとなおのこと心配で……」

アマミクがカレッジにいる――大いにあり得ることだ、とアスムは思った。

アマミクが以前、セジに対して強い復讐心を抱いていたのは事実だ。彼女がその心をまた思い出し、再びセジを追い始めた可能性はゼロじゃない。

「兄のことも心配だわ」

「シュイム学長ですか？　今、カレッジにいるんですよね？」

「ええ。……そうね。もう公然の秘密だから話してしまうけれど、兄はカレッジを立入禁止にしてすぐ、あそこに入って行ったわ。でもそれから一切、姿を見せないし、何をしているのかもわからない。時々、『無事だ』という連絡をくれるのだけが救いだけど……」

マダム教授は、心配そうに眉根を寄せた。

最も近い肉親であるマダム教授も知らないのであれば、もはやこの島にシュイム学長の動向を知る者はいないだろう。

それでも時折連絡があるということは、少なくともシュイム学長はまだ生きているということになる。アスムは、少しだけほっとして胸を撫で下ろした。

だが――それから数日後。

遂にアスムの平穏を破壊し、その運命を変える出来事が起きてしまった。

＊

「気を付けて行っておいで」

朝、アスムはいつものようにそう言ってセーファを見送った。

細くしなやかだった彼女の身体も、今ではふっくらと肉がついている。そのお陰か、彼女の天真爛漫な魅力に、今は優しさと柔和さも加わり、深い慈愛を感じさせるものへと変わっていた。

「バースセンター、ひとりで大丈夫かい？」

「慣れてるから平気だよ。心配しないで」

玄関口で、セーファがアスムの頬に軽いキスをした。

「じゃあ、行ってくるね！」

「行ってらっしゃい」

手を振るアスムに、セーファも大きく手を振り、一歩を踏み出そうとした。

しかし、すぐに振り返る。

「あっ、そうだ。今日ね、少し遅くなるかも」

「何かあるのかい」

「帰りにちょっと寄りたいところがあって。その……愛のお守りを」

「……？」

「ううん、何でもない。昼過ぎまでには帰るね」

愛のお守り？　なんだろう、それは。

ふと疑問が頭をよぎるが、セーファの笑顔に、アスムはそれ以上は特に気にせず、笑顔を返した。

「わかった、気を付けてね」

「ありがとう！」

嬉しそうに目を細めると、セーファは今度こそ、ゆっくりと歩き出した。

お腹が出てきたせいか、一歩一歩をしっかりと踏み締めるような歩き方だ。

バースセンターでの健康診断はいつも大した問題もなく、胎児はすくすくと順調に育っていると報告されていた。妊娠後期に入り、母親らしい落ち着きと頼もしさを伴い始めた彼女の後姿に深い感慨を覚えながらも、アスムは静かに家のドアを閉めた。

――三十分後、そのドアが激しく音を立てる。

ドンドン、ドンドン、と誰かがドアを叩く音が、部屋中に響いた。

論文を書くためにひとり唸っていたアスムは、ただならぬ音に驚きつつ、一体何があったのかと玄関に出た。

「誰ですか？」

ドア越しに、来訪者の名前を問う。

『アスムはいるか？　開けてくれ。私はカラウカという者だ』

男のくぐもった声が、ドアの向こうから響いた。

カラウカ？　知らない名前だ。だが、この声には聞き覚えがある――おそるおそるドアを開ける。

隙間から、剣呑《けんのん》な表情の男が顔を覗かせた。

「アスムか？　突然すまない」

「……ああ、あなたは」

男の顔を見てすぐ、アスムは思い出した。

セーファがセジに襲われたあの雨の夜、カレッジの門番を務めていた自警団のひとり、シュイム学長傘下の助教授だ。

そうか、この人の名はカラウカというのか――。

「何かあったんですか、カラウカさん」

「ああ。君に報せがある。悪い報せだ」

悪い報せ。背中にゾッとするような感覚が立ち上る。

身構えるアスムに、しばし肩で息をしていたカラウカ助教授は、やがて、怒りと悲しみが共存したひどく複雑な表情を浮かべながら、告げた。

「落ち着いて聞いてくれ。シュイム学長が殺された」

*

シュイム学長が見つかったのは、今朝のことだった。

学長は毎晩、カラウカ助教授と定期の連絡を交わしていた。連絡と言っても、学長が無事であることを確認するだけのものだった。カラウカ助教授は、最近学長が何をしていたのか何も知らされていなかった。

その連絡がここ数日、途絶えていた。

あらかじめ、もしも連絡がなくなった場合には、昼間、安全を確認しながらカレッジを調べるよう命じられていたカラウカ助教授は、指示どおり、カレッジに立ち入った。

そこで、彼は最悪のものを見つけた――。

「……シュイム学長が、血まみれで倒れていた。私は自警団の同僚を呼び、すぐ学長を医務室へと運んだ。だが、そのときにはもう……」

カラウカ助教授は、カレッジに向かう道を大股で走りながら、説明を続けた。

アスムもカラウカ助教授の説明を聞きながら走った。昼間の通りを歩く人々が、「何事か」という表情で二人を振り返る。

周囲には構うことなく、アスムは問う。

「学長は殺されたってことですか？　例の……」

——セジに。

「……熊に？」

「ああ、そのとおりだ」

カラウカ助教授は、声を詰まらせつつ頷いた。

「状況から明らかだった。シュイム学長は例の熊と戦っていた。だが……学長は負けた。そして、殺されてしまったんだ」

「…………」

胸を締め付けられ、それきり言葉も続かない。

やがてアスムたちは、カレッジ横の医務室へと到着する。

医務室の扉を開けると、ベッドがあり、その向こうで、あの雨の夜に門番を務めていたもうひとりの助教授が、呆然と立ち竦んでいた。

彼が悲し気な表情で見つめる、ベッドで仰向けに横たわる誰か。

端正な横顔、真ん中で分けた白髪はだいぶ伸びていたが、鼻の下の産毛のような髭は見間違えるはずもない。

それは、紛れもないシュイム学長だった。

アスムはかぶりつくように、ベッドの傍に駆け寄った。

「学長！　シュイム学長！」

名前を呼んだ。しかし学長は僅かも反応することなく、瞑想《めいそう》するように目を閉じたまま、青白い顔を天井に向けている。

思わず、頬に触れる。年齢にしては柔らかなそれは、まるで金属に触れているかのように冷たかった。

その温度が、やっとアスムに冷酷な現実をわからせた。

ああ、シュイム学長は、確かに死んだのだ――。

「………………」

涙は出なかった。

その代わり、唸りとも呻きともつかないものが勝手に喉から漏れた。

カラウカ助教授が、掠れた声で言った。

「シュイム学長は発見したときのままだ。そのまま、ここに運んできた。……アスム、シーツをめくってごらん」

言われるがままにシーツを剝ぐ。シュイム学長の右手が現れる。

その手には、刃渡り三十センチはある銀のナイフが握られていた。

血に塗れていた。ナイフの刃、柄《え》から腕までべっとりと——。

「シュイム学長は熊と戦ったんだよ。このナイフを使って」

もうひとりの助教授が、悲愴感に満ちた声色で続けた。

「ナイフは固く握られていて、私たちには外すことができない。学長はそれだけ、強い意志をもって、私たちのために熊を倒そうとしていたんだ。ごらん、この返り血も、あの熊のものだ」

彼が、学長の身体に飛び散る赤黒い模様を指し示した。

流れた血は決して多くはない。奴を倒すのに十分な傷を負わせたとまでは言えないだろう。

「頭を見てごらん」

カラウカ助教授が、シュイム学長の頭部を指差す。

額の上あたりにひとつ、赤黒く変色した大きなへこみがあった。

「陥没があるだろう。強烈な力で殴られた痕だ。道具が用いられたのかどうかまではわからないが、そのせいで頭蓋《ずがい》が陥没し、脳を損傷している。シュイム学長は、それが致命傷となって命を落としたんだ」

「…………」

物言わぬシュイム学長をじっと見下ろしながら、アスムは思う。

シュイム学長は、カレッジにいた。

カレッジにいて、この半年間、ひとりでセジと戦い続けていた。セジを倒し、カレッジと珊瑚礁の島に再び平和を取り戻すために。

けれど、その試みは失敗した。返り討ちに遭ってしまった。諸悪の根源を葬り去ることもできずに――。

やがてアスムは、ぽつりと呟くように訊いた。

「なぜ、僕を呼んだんですか」

図らずも、二人を責めるような口調になっていることに気づき、アスムは顔を伏せる。

だがカラウカ助教授は、アスムを労るような優しい口調で答えた。

「シュイム学長に、命じられていたんだよ。学長の身に何かあれば、君に、すぐ、直接、伝えるようにとね」

「…………」

アスムは無言のまま、再びシュイム学長の額に触れる。

長くカレッジを統率した、優秀で博識豊かな脳。それも今では、ただの脂質の塊にすぎない。

冷たい皮膚から伝わるその現実が、アスムをひどく滅入らせた。

*

家に戻ってきたとき、すでに日は西に傾き始めていた。

島の空は、時刻によってさまざまな色彩を帯びる。朝は澄み渡る青、昼は煌めく白、そして夕刻に向けて穏やかな黄色から橙色、赤、藍色《あいいろ》へと変わり、最後には闇に沈んでいく。それが大気の散乱、あるいはプリズム効果によるものだとわかっていてさえ、実際に目にしたときの玄妙さには、いつも心が揺り動く。そして今も——。

クリーム色をした午後の柔らかい光が、島をあまねく照らしている。

いつもはのどかに感じられるはずの景色。それがどうだ、今はまるで黴臭《かびくさ》い写真のようじゃないか。

精神《こころ》が酷い傷を負っている。アスムはそう自覚した。

だからこそ理解する。それでもなお、倒れるわけにはいかないことを。

セーファはまだ、帰ってきていない。

やるなら、今だ。

アスムは、あえて自分自身を鼓舞するかのように、誰もいない空間に声を張った。

「シュイム学長、あなたは死んだ。僕には、なすべきことがある」

そして、ポケットからそれを取り出した。

あの映像チップだった。

縦横それぞれ二センチにも満たない、小さなチップ。半年の間、図らずもアスムが肌身離さず持ち歩いてきたそれが、妙な存在感を放っている。

チップを一旦目の前に置くと、アスムはシュイム学長の言葉を反芻した。

——私の身にもしものことがあったら、君に、この中の映像を見てもらいたい。

——君はそのときになったら、必ずこれを見るのだ。

「学長の身に『もしものこと』がありました。今こそ『そのとき』ですよね？」

誰もいない中空に、語り掛ける。

答える者は、もちろんいない。

だがアスムは覚悟を決めると、端末機の電源を入れ、スロットに映像チップを挿入した。

スロットにファイルがひとつ納められている——ディスプレイがそう表示する。

アスムはしばし逡巡した後、震える指でそのファイルを開く。

プッ——。

細い糸が切れるような音とともにディスプレイの画面が消え、静寂が耳を突く。

数秒後、顔を顰めたアスムの前にシュイム学長の姿が現れた。

学長は、学長室にいた。

窓越しに見える空の色は、青。その鮮やかさをアスムは覚えている。

セーファが襲われた次の日の空だ。

ディスプレイの向こう側でまだ生きているシュイム学長は、眉間に大きな皺を一本だけ刻んだ表情で、ディスプレイのこちら側に問うた。

『君は、アスムかね？　アスムではないならば、十秒のうちにこのファイルを閉じたまえ』

有無を言わさぬ、命令のニュアンス。

もしアスムでなければ、その言葉の厳しさからこの先を観てはならないと感じ取り、即座にフアイルを閉じたことだろう。

だが、見ているのはアスム本人だ。

永遠とも感じられる十秒間、アスムは何もせず、シュイム学長と睨みあう。

やがて、シュイム学長が再び口を開く。

『……よろしい。君はアスムだ。そして、君がこれを見ているということは、私はすでに殺されているということになる。我ながら残念なことだが』

シュイム学長は、ほっ、と皮肉めいた息を吐いた。

決意とも、諦めともつかないその溜息が消えないうちに、シュイム学長は続けた。

『君はもうセジの存在を知っている。我々を脅かす存在であり、我々が倒すべき存在だ。だが、元を正せば、あれを連れてきたのはヤブサト君とこの私だ。ヤブサト君亡き今、私はセジに関する全責任を負っている。だからこそ断言する。どれだけ我々の好奇心を刺激するとしても、我々の秩序を守るために、セジはもはやこの島に存在してはならないのだと』

我々の好奇心——我々の秩序——。

言い回しに引っ掛かりを覚えるアスムをよそに、シュイム学長は続ける。

『セジがカレッジにいる限り、私は皆の安全を保証できない。もしも次なる事件が起これば、私はカレッジを封鎖しなければならない。実際、君がこれを見ている今、そうなっているはずだ。封鎖からどれだけ時間が経過しているかまでは、予測もつかないが……』

自嘲するように口の端を曲げつつも、シュイム学長は背筋を正すと、深い眼差しで、画面を越えてアスムの瞳を射貫いた。

『しかし、私は君に懺悔《ざんげ》をしなければならない。このことを明かせば、アスム、君は私を軽蔑《けいべつ》するだろう。それでもこの事実から目を背けるわけにはいかない。我々の秩序のためには、それは必要なことだったのだから』

我々の秩序。まただ。シュイム学長が、またこの言葉を使った。

さすがに、違和感を覚えた。我々の秩序という言葉には、カレッジの平和ということのみならず、もっと大きなニュアンスが込められているように聞き取れたからだ。

アスムは首を捻る。カレッジだけじゃなく、珊瑚礁の島、いや世界全体を差しての言葉なのだろうか――？

だが直後、シュイム学長はいきなり――そう、あまりにも唐突に告白した。

『アスム。実は、皆を殺したのは私なのだ』

*

えっ――今、なんて？

一瞬、シュイム学長の言葉の意味がわからず、アスムは何度も目を瞬く。

アスムのそんな反応も見透かしたように、シュイム学長は即座に続けた。

『もう一度言う。セジに襲われたトムイや、クボ……その他の皆にとどめを刺して殺したのは、この私なのだ』

「なん……だって」

アスムの視界が、大きく歪んだ。

皆にとどめを刺して殺したのは、学長が起こしていた？　まさか。そんなはずはない。何かの間違いだ。訳が分からない。そんな言葉、信じるものか。信じられるものか。

すべての凶行は、この私――？

そもそもあり得ない。シュイム学長にはそんなことをする動機がないからだ。

しかし、当のシュイム学長は確かに今、自分で述べた。皆にとどめを刺して殺したのは、私なのだと。

まさか。これが、本当のことだとでもいうのか。だとすれば、なぜ？　どうしてそんなことを？　学長はただ、セジを研究するためにヤブサト助教授と協力して南極から連れてきたのじゃなかったのか？　それが逃げ出したから、始末しようとしていただけじゃないのか？

それを、自ら人を殺しただなんて、シュイム学長は一体、何を考えているんだ？

わからない。いや、わかりようもない。

思考が感情に攪乱《かくらん》される。

意識が褶曲《しゅうきょく》地層のように捻《ね》じれ、遠のく。

網膜に映る光景が見る間に色褪《いろあ》せ、現実感を失っていく。

「うっ……！」

突然、猛烈な吐き気に襲われた。喉から苦いものが込み上げ、アスムはしばし悶絶《もんぜつ》する。

だが、アスムが取り乱すことも予見していたのだろうか。苦しむアスムを見守るように、ディスプレイの向こうで、シュイム学長は終始無言を貫《つらぬ》いていた。

やがて、アスムがようやく落ち着きを取り戻したとき、シュイム学長は見計らったかのように、再び口を開いた。

『……セジは、ヤブサト君に暴行を加えた後、森へと消えた。不幸にしてヤブサト君は死んでしまったが、それを確認したとき、私はむしろほっとした。そう、奇妙なことだと思うかもしれないが、私は確かに安堵したのだ。これで、我々の秩序は保たれると』

まただ。また我々の秩序だ。

何を言っているんだ？　学長は一体、何に拘《こだわ》っているんだ？

『それからセジは、森を徘徊《はいかい》しながら暮らしていた。奴に装着していた発信機のお陰で、その居場所は明らかだった。しかし、捕まえることはできなかった。捕獲は、自警団には荷が重すぎる。そのためには相応の生業を持つ人々に助けを求めなければならないが、彼らを呼び寄せるには時間が掛かる。だから……私は待った。奴が森の中で餓死するのを。だが、奴は死ななかった。どこからか食料を調達し、いつまでも生き延びた。生き延びて、そして……人々を襲い続けた』

シュイム学長は、すうと長い息継ぎをした。

『セジは神出鬼没だった。発信機を頼りに、奴がカレッジに現れた場所へ急行しても、そこにはいつも、暴行を加えられた者が残されているだけだった。瀕死の彼らを見て、何が起こったかは明らかだった。だから私は、我々の秩序のために……ナイフで彼らにとどめを刺し、殺したのだ』

一瞬で腑に落ちた。

被害者たちが皆、心臓に刃物を突き立てられていた理由。それは、発信機を頼りに被害者を発見したシュイム学長が、彼らを確実に死に至らしめるためにとどめを刺していたからなのだと。

だが――。

「なぜだ！」

思わず、大声で叫んだ。

そこがわからない！　なぜだ？　なぜシュイム学長は、まだ息がある被害者たちを助けることなく、殺してしまった？

アスムの激昂《げっこう》をよそに、シュイム学長は淡々と説明を続けた。

『しかし、あるときを境に、発信機が機能しなくなった。そう……ちょうど部分月食があった日の前くらいだ。私は、発信機が機能しなくなった理由として二つの仮説を立てた。ひとつはセジが死亡したというものだ。例えば森の貯水池で溺死《できし》したとすれば、そのときに発信機も壊れるだろう。もうひとつの仮説は、発信機が意図的に壊されたというものだ。私は当然、前者であることを望んだ。そうであってほしいと願った。だが現実は楽観を許さなかった。ほどなくして後者の仮説が立証されてしまったのだ……君の恋人が襲われたことによって』

セーファが襲われた、あの夜――。

アスムは無意識に思い出しながら、シュイム学長の説明に耳を傾ける。

『セジは生きていた。だがもう足取りは摑めない。だから私は焦り続けている。どうすればこの事態を収拾することができるのだろう。どうすれば我々の秩序を取り戻すことができるのだろう。もちろん、これは私が蒔《ま》いた種だ。一体、私が収めなければならない。それはわかっているのだが、どうすればよいか、肝心の解決方法が見当たらないのだ』

情けないことだよ――と、シュイム学長は悲痛な表情で眉根を寄せた。

『だが、私が迷う間にも、さらなる犠牲者が生まれるだろう。私はようやく決意した。最悪の場合にはカレッジを閉鎖し、セジを自らの手で葬るつもりでいる。もちろん、私は狩りをすることも殺すことも生業とはしていない。したがって、十中八九この試みは失敗することになるだろう。だから私は……今、こうして君にメッセージを残しているのだよ、アスム』

「…………」

不意に名を呼ばれたアスムは、無言のまま固まった。

もう叫ぼうと思わなかった。逃げようとも思わなかった。眩暈も吐き気も消えていた。その代わり、意味不明の説明だけが目の前で続けられているさまに、ただ自問だけを繰り返していた。

――これは、夢なのか？　それとも、現実なのか？

『君は今、私の言葉に困惑しているだろう。同時に私を軽蔑しているだろう。それは仕方のないことだと覚悟している。なぜなら、私がしたことは非難を受けるに十分なほどの悪行だからだ。

すべては私が選択を誤ったことに起因している。今ならばわかる。皆が生業を守りながら生き、子をなし、そして死んでいくことを定めた六百年続くこの秩序には、大いなる意味があったということを。そのことに疑問を持った私が馬鹿だったのだ。矩《のり》を踰《こ》えることがもたらす危険を私は恐れるべきだったのだ。だが、好奇心に流された結果、私は……秩序を乱してしまった。これが現実なのだ』

シュイム学長は、恥じらうように目を伏せた。

『君がこれを見ている今、私はもはやこの世界に存在しない。だが、私がしくじったことの尻拭《しりぬぐ》いは、誰かがしなければならない。秩序は取り戻さなければならないからだ。そのために、誰かが私の役目を引き継がなければならない。そう……君が』

「……僕が？」

アスムの呟きにあわせるように、シュイム学長が、身を乗り出した。

『ヤブサト君の死体を君が発見した後、私は気づいた。君は、ヤブサト君と同じ目をしている。その瞬間、私は悟った。もしも私の仕事を引き継ぐならば、それは君になるのだろうと。そう、君は私にとって、唯一の希望なのだ。……ああ、わかっているとも。君は私をひどく嫌悪しているだろう。だが、それでも頼みたい。どうか私の遺志を継いでほしい。私の仕事を引き継ぎ、我々の秩序を取り戻してほしいのだ。そのためには、私の命など、いくら犠牲になろうとも構わないから……』

「…………」

私の遺志を継いでほしい。私の仕事を引き継ぎ、我々の秩序を取り戻してほしいのだ――。

いきなりそう言われたところで、困惑するばかりだ。

そもそもなぜ自分がそれを引き継がなければならないのか？　必然性がまったくないじゃないか！

だが、そんなアスムの思考すらも予測の範囲内だったのだろう。シュイム学長は、ディスプレイの向こうで、再び居住まいを正すと、おもむろに続けた。

『引き受ける、引き受けないは、もちろん君の自由意思に委ねよう。君は今、不可解さだけを感じている。私が述べていることの意味すらわからないまま、選択を迫られているのだからね。そんな不条理は本来あってはならないことだ。つまり……君には、真実を知る権利がある。そして真実を知ることによる義務を負う。それらを踏まえて、君が決定する自由を持つのだ。だから……これから私が述べることを、心して聞いてもらいたい……』

一拍を置くと、シュイム学長は瞬きをすることなく、語り出した。

この世界の、真の姿を――。

IX

静寂がまとわりついていた。

窓の外が橙色に色づき、夕刻の翳《かげ》りがひたひたと忍び寄る。

ディスプレイの画面が消えて、もう一時間以上経っている。だが、アスムはいまだ黒い画面を見つめたまま、指先すら動かすことができずにいた。

選択を迫られていた。

首肯する必要があるのは、嫌というほど理解できた。あんな話を聞いてしまった後で、他にどんな選択肢があるというのだろう？　しかし、すぐ行動に移すことができるほど簡単に割り切ることもできなかった。シュイム学長によって示された世界の真実。それを前にしたとき、思考は無益な堂々巡りを繰り返す以外に、なす術もなかったのだ。つまり――。

アスムたちには、この世界が半分しか見えていないのだということ。

それは――あまりにも圧倒的な真実だった。

ショックを受けた。もしそれが本当なのだとすれば、アスムが学んできたことも、これまでの人生で見てきたこの世界も、すべては大いなる虚像であったことになる。

珊瑚礁の島の姿、社会の姿、人類の姿、生物の姿、もちろんアスム自身の姿も含めて、すべてが巧妙に作られた偽造品であったことになるのだ。

そんな事実を、受け入れられるか？

無理だろ、どう考えても。

それでも——納得できてしまう。シュイム学長が時折口にした不可解な言葉の意味も、凶行の理由も、何よりもセジの正体と存在理由も、すべてが腑に落ちてしまう。

シュイム学長の殺人行為ですらそうだ。学長はきっと、胸を締め付けられる思いで、まだ生きている皆の心臓にナイフを突き立てたに違いない。そうするしかなかったからだ。もしアスムが学長の立場なら、彼もまたそうしていただろう。

そう納得できてしまうのも、アスムがもう理解してしまったからだ。

だから我々は襲われているのだと、理解してしまったからだ。

もちろん信じたくはなかった。この期に及んでなお、アスムは都合よく騙《だま》されているのだと思いたかった。シュイム学長が述べたこの世界の虚像こそが虚像なのだ。そうであったらどれだけ幸せなことだろう。そういうふうに、今もまだ願っていた。

だが、もはや受け入れるしかないのだ。これが真実なのだと。

そうでなければ、トムイが、クボが、そしてその他の罪なき大勢の人々が命を失った意味さえ、なくなってしまうのだから。

ふと、シュイム学長の最後の言葉が、頭の中に蘇った。

——私の遺志を継いでほしい。

「できない！　そんな役目、僕には引き継げない！」

アスムは思わず、衝動的に机を叩いた。

学長の言いたいことはわかる。理由もわかる。必然性もわかる。

でも、この役目は——あまりにも重すぎる。

引き受ける、引き受けないは、もちろん君の自由意思に委ねよう。そんなふうに言われればなおのこと困惑する。なぜなら、それができるのはもう、シュイム学長亡き後、たったひとりでこの真実を抱えるアスムしかいないのだから。

人類の歴史。この世界の成り立ち。そして自分たちの本当の姿。それを知ってしまったアスムにはもう、シュイム学長の後を引き継ぐ以外の選択肢など、ありはしないのだ。

だが、それでもなおアスムは、答えを出すことができずにいた。

今や明白な禁忌そのものとなったセジ。それを抹殺することで、人類の数百年続いた平和と秩序を取り戻すことができる。

しかし、取り戻した結果、何が起こるのか。

自分たちはまた何かを見失うのではないか。

すなわち、秩序の代償として、世界の半分がまた隠されること——その選択が、はたして本当に正しいものといえるのだろうか？

アスムは——。

いつまでも逡巡していた。

だが彼はすぐに思い知らされた。

アスムが好むと好まざるとにかかわらず、闇に住まうその半身は、あまりにも無慈悲に、彼に牙を剝き、襲い掛かってくるのだと。

＊

アスムは走っていた。

息が切れ、喉が焼けそうだった。身体中の筋肉と腱《けん》が悲鳴を上げていた。心臓が早鐘のように脈を打ち、今にも破裂しそうだった。

それでもアスムは、全力で走ることを止めるわけにはいかなかった。

一刻一秒でも早く、カレッジに行かなければならない。

なぜなら、彼女がいるからだ。

妻がいるからだ。

愛する人が、アスムとの子を宿したセーファがいるからだ。

アスムは祈る。神様、お願いだ！　もしあなたが存在しているのなら、セーファをどうか無事でいさせてくれ！　僕のすべてと引き換えにしても構わない、彼女を——妻を——ぼくの家族を、この手で再び抱かせてくれ！　お願いだから！

点々と灯る街灯が作り出す影に追い立てられながら、アスムはまた一歩、金属の塊のように重い足を前に出す――。

――昼過ぎまでには帰るね。

そう言っていたはずのセーファは、太陽が沈む時刻となっても、家に戻ってこなかった。

アスムは言い知れない不安を覚えた。まさか彼女の身に何かあったんじゃないだろうか。

藍色の空に宵の明星が見えたとき、アスムは堪らず、部屋の中空に向かって叫んだ。

「カーネ、いるか？」

『はい。聞こえています』

カーネはすぐに答えた。この家においても、万能のカーネはすぐそこにいる。

この家だけでなく、町にも、港にも、もちろんカレッジにもいる。カーネはこの島に、あまねく存在するのだ。

だからこそ今は、頼りになる――。

「セーファはどこにいる？」

アスムは端的に問うた。

カーネは、セーファの足取りを調べるための数秒を挟んでから答えた。

『カレッジにいます』

「なんだって！」

瞬時に、背中の毛がぞわぞわと逆立った。

愕然《がくぜん》とした。首筋のあたりがすうっと冷えていく嫌な感覚に襲われながらも、アスムは自問した。セーファがカレッジにいる？　なぜだ？　なぜ彼女はそんなところに？　バースセンターに行ったんじゃないのか？

だが──ふとセーファの出がけの台詞を思い出す。

──帰りにちょっと寄りたいところがあって。その……愛のお守りを。

まさか、その場所がカレッジだったのか？

だが、カレッジは立入禁止だったはずだ。どうやって入ったのだろう。

そもそもセーファはなぜ、カレッジに行ったのか。

なぜ彼女は今さらあんな場所に──それに──愛のお守りとは──。

「そうか、ブレスレットだ！」

アスムははたと気付いた。

セーファは失くしたブレスレットを探しに、カレッジに行ったのだ。

ブレスレットが見当たらなくなった時期は、カレッジが閉鎖された時期とほぼ同じだった。セーファはきっと身の回りを一生懸命に探しただろう。けれど失くしものは出てこなかった。だからセーファは考えたのだ。ブレスレットはカレッジにあるのではないかと。だけど──。

アスムは心の中で絶叫した。

だからって、なぜ今、カレッジに行ったんだ！

確かにブレスレットは、アスムがプロポーズでそう言ったように「愛の証」であって、出産を控えたセーファにとっては「愛のお守り」でもあっただろう。でも、そんなもの――また買えばいいだけの話だ。なのにセーファ、一度は怖い目に遭ったはずのあの場所になぜ今、君はまたひとりで行こうと思ってしまったんだ！

身体中の血の気が引いていくのを感じながら、アスムは再び、震え声で問うた。

「セーファは今、カレッジのどこにいるんだ」

『旧研究棟の付近です。詳しい場所はわかりません』

――最悪だ。

旧研究棟――最初の犠牲者であるヤブサト助教授が殺されているのを見つけた、忌《い》まわしい場所じゃないか。

聞くや否や、居ても立ってもいられなくなったアスムは、家を飛び出し、宵の明星がぎらぎらと不穏な光を放つ夜空の下を、カレッジに向かって走り出したのだった。

*

力の限りに走り続け、アスムはようやくカレッジに辿り着く。

夜ともなれば、正門には人気がない。それでも、いつもならカラウカ助教授たち二人が見張っている。中に入ろうとする者を止める役割を持つ、自警団だ。

しかし、その彼らの姿が見当たらない。シュイム学長が亡くなったことへの対応に追われているからだ。アスムは理解した。そうか、カレッジの出入りを監視する者がいなくなってしまったのか。だからセーファは、難なくカレッジに入れてしまったのか！

手を膝《ひざ》に突き、はぁはぁと肩で息をしながらも、焦りともどかしさとに急かされ、アスムはふらふらと正門の傍へと歩き出す。

正門が少し開いているのが見えた。

せいぜい三十センチほどの細い隙間だ。だが、ほんの少しでも開いているのは、誰かが通過した証でもある。

その隙間から、身重のセーファが辺りを窺いながらカレッジの中へと入っていく——その姿を想像した。アスムの頬を、つうっと一筋の汗が伝った。

その氷のような冷たさに震えながら、祈りを込めて言った。

「セーファ、今、行くよ。どうか無事でいてくれ」

アスムは、その隙間をもう少しだけ開くと、自らの身体を異世界のようなその向こうへと、するりと滑《すべ》り込《こ》ませた。

——カレッジに入ると、あちこちに雑草が伸びていた。

石畳や建物の間から太い茎が逞《たくま》しく伸び、分厚い葉を繁らせている。そのさまは、人間の秩序など物ともせず、隙あらば人類にとって代わろうとしているかのようだ。

半年にわたる人間の不在がもたらす回帰——メンテナンスを行わない都市は五百年で元の自然へと還《かえ》ってしまうと聞いたことがある。

人間から見れば、それは破壊だろう。

だが自然から見れば、それは創造だ。

どちらが正義なのかはわからないが、もしそれが本来の生命の営みであるならば、人類もまた、本来の姿に還る必要があるのかもしれない――そんなことをふと考えてしまうのは、もしかして、シュイム学長の明かした真相のせいなのだろうか。

アスムは、カレッジの建物の間を縫うようにして走り、旧研究棟へと向かった。

足音が建物にこだまする。

重苦しい吐息が耳の奥で反響する。

夜の鳥がゲゲゲッと不気味な声で鳴く。

カレッジの建物が、まるで迷路のように立ち塞がる。どこからか漂ってくる水場の苔《こけ》の臭いが、アスムをもう引き返すことのできない世界へと誘っているような気さえする――。

やがて、ひとつ建物が見えた。

旧研究棟だ。

油断するな。ここから先は、奴の領域《テリトリー》だ。

丹田に力を籠《こ》めつつ、より暗い世界へと歩を進めると、ふと視界に何かが入る。

何だあれは――アスムは目を凝らす。

いや、あれは「何か」じゃない――「誰か」だ。

誰かが地面に倒れている。

血の気が引いた。まさか、セーファか？

しかしすぐ、身体の大きさから、その誰かはアスムの愛する人ではないとわかる。

よかった——不謹慎な安堵を覚えながらも、しかし疑問を抱く。

じゃあ、誰なんだ？

おそるおそる近寄ってみる。その身体はやはり、微動だにしない。

そのとき、雲の間から顔を出した月が、誰かを照らした。

ごくりと唾を飲み込む。顔が見える。

それが誰かわかる。

長くウェーブする金色の髪に、白い細面。すっきりと左右対称に整った顔。

忘れもしない、美しい顔。

直後、アスムは思わず口元を押さえた。

「……アマミクさん」

「……ぐっ」

呻きとともに吐き気が漏れる。

表情の美しさからは想像もつかないほどの凄惨な全身が、そこにあったからだ。

服は切り裂かれ、ほとんど着ていないに等しい。露出した肌には痣と切創が残され、無傷でいる箇所を探すほうが難しい。特に下半身の損傷が著《いちじる》しく、夥しい血が流れている。

無傷なのは、彼女の顔だけだったのだ。

なぜこんなことを？

しかし今のアスムには、その理由がなんとなく理解できていた。

問題は身体なのだ。身体だけが必要とされているから、こうなるのだ。だから彼女の首から下だけが、目を覆いたくなるほど酷いありさまなのだ――。

込み上げてくる苦いものを堪えながら、アスムは確信していた。彼女が死んだのは酷使されたからだ。普通の人間では死に至るほどの激しい暴行も、アマミクは耐えることができる。彼女は十分に大柄だからだ。それであってさえ、長期間それを受け続ければ無事ではすまない。この身体中の無残な傷を見れば明らかなように。

ふと見れば、手首にあの包帯が巻かれていた。擦り切れ、何度も巻きなおした跡がある。切り裂かれた衣服の中にも包帯は混じっていた。アマミクはあれから何度も乱暴に扱われ、受傷と治療を繰り返していたのだ。

胸を締めつけられながら、アスムは彼女の傍にしゃがむと、弔《とむら》いの意味を込め、掌で彼女の額に触れた。皮膚は冷たく、とうに柔らかさを失っていた。そのことが、彼女が辱められ、亡くなった後も、なおここに放置され続けたという事実を、ありありと示していた。

あまりにも、惨い――。

自らの顰めた顔が、片側だけ痙攣した。

同時に、激しく嫌な予感がした。アマミクでさえこんな目に遭うのならば、セーファははたして、どんな非道を受けることになるのか？

アスムは立ち上がると、前を睨みつける。

その視線の先に、不気味な旧研究棟が屹立《きつりつ》していた。

＊

「ねえ、アスムは何歳まで生きたい？」

――アスムは思い出していた。

結婚し、子供ができて少し経ったころ、セーファが不意に、そんな質問をしたことを。

「どうしたんだよ、いきなり」

「大したことじゃないの。でも、ふと気になったの。アスムはどう思っているのかなって」

アスムは、少し考えてから答えた。

「六十歳くらいまで生きられたら、十分かな」

「どうして？」

「それを過ぎたら、研究するための力がなくなってしまいそうだからね」

研究をするには、力がいる。

まず知力、そして体力。広い砂浜からひと粒の宝石を見つけるような知の探究にはそれらが不可欠だ。ほかにも持久力、瞬発力、何より幸運も要る。飽くなき好奇心も必須だろう。だから若いころのような意欲がなくなり、何事も億劫になってしまうと、砂粒を宝石と見間違えたり、砂粒が宝石なのだと頑固に言い張ってしまったりという醜態をさらしかねない。

そうなれば、むしろ生きていることが害だし、恥になる。潔く命を終えたほうが幸せだ。もちろん、六十を超えてなお顕学であり続けているシュイム学長のような例外もあるが。

一方で、若くして亡くなることもまた、残された者にとっては不幸だ。アスムの両親は早世したが、まだ生きていてくれたらと願うことはある。

若すぎず、老いすぎず。六十歳くらいで死ぬ。それが理想だ。

だが、アスムの言葉を聞いたセーファは、少し寂しそうな顔をした。

「私は、アスムにもっと生きてほしいかな」

「そうなのか？」

「うん。だって六十歳なんて、あと四十年くらいしかないんだよ？　それじゃ短すぎるもの。もっと長く生きて、ずっと私と子供を見守っていてほしい。八十歳……いや、百歳までは、生きていてくれないと」

「百歳じゃあ、よぼよぼじゃないか。生きている価値がない」

「そんなことないよ！」

セーファは、首を大きく横に振った。

「その人に価値があるかどうかは、周りが決めるものよ。たとえアスムが皺だらけのお爺《じい》さんになったって、そこに価値がある、それが大切だと思う人はいるんだよ」

「そうかなあ……」

耄碌《もうろく》した僕に、誰が価値を見出すというのだろう。

「逆に訊くけれど、セーファ、君は何歳まで生きたいんだい？」

「私？　私は……」

セーファは、まるで恥ずかしがるように目を伏せて答えた。

「アスムと同じ歳《とし》まで」

――重く冷たい空気を掻き分けるようにして、旧研究棟に足を踏み入れる。

あのときのセーファの言葉。ぴんとこなかったその言葉が、今の自分には身に沁《し》みる。

アスムは今、心から願っていた。セーファと同じだけ生きたいと。

子供を育て、ともに歳を取り、最後は手を繋いで死にたいのだと。

夫婦が魂をひとつにしてこの世を去ることを、その幸せを、アスムは今、心から願い、祈り続けていた。たとえそれが、与えられた秩序の賜物《たまもの》だとしても――。

旧研究棟の狭い廊下。辺りはほとんど見えない。

高らかな靴音だけが、いつまでも残響を漂わせている。

目を凝らしながら、うっすら浮かぶ輪郭だけを頼りに、歩き出す。

「……！」

足が止まる。

鋭い臭いが鼻を突いた。

顔を顰めたくなる刺激臭だ。しかしアスムは、この臭いを知っている。

この臭いの意味するところを、知っている。

考えたくはなかった。アスムが考えうる限り、それは最悪の結論を導くものだからだ。

だが、決して目を背けることはできない。

谷底に向かって歩くように、アスムは歩を進める。

臭いが強くなっていく。

いやだ！

鉄錆を思わせるその臭いに、アスムの本能が叫んだ。

行ってはいけない。行きたくない。行くな、戻れ。

行けば心が取り返しのつかないことになる——感情と理性が、ともにアスムに警告を発する。

わかっている。嫌というほどわかっているさ。そんなこと、考えなくたってわかるんだ。

それなのに——それでさえ——アスムはもう歩みを止めることができない。

確かめなければならないからだ。たったひとりの真実を知る者として。

角を曲がると、臭いが一層強くなった。

大きな部屋。目の前には、小さな窓があった。

そこから差し込むぼんやりとした月明りが、床の何かを青い光で照らし出している。

いやだ！　見てはいけない！　心がアスムを必死で制止する。

にもかかわらず、目が離せない。

それの大きさは、やっぱりアスムがよく知るものだった。

ふと、不快な臭いの中、僅かに懐《なつ》かしい匂いを感じ取る。
ああ、知っている。よく知っているのだ。
甘さと酸味が混然一体となったこの匂いは、間違いなく——。
いやだ。もう嫌だ。やめろ、見るな！
心が、絶叫した。
見るな！　見るな！　見るな！
だが、アスムは見た。
見てしまった。
華奢な身体つきが、紐が切れた操り人形のように横たわっているのを。
長く艶やかなあの黒髪が、無造作に乱れているのを。
いつも愛嬌を振りまいていた可愛らしい顔が、苦悶《くもん》に歪んでいるのを。
アスムは、震える指先で、血に塗れたその身体に触れる。
それは、アマミクと同じくらい冷たかった。
死んでいた。腹の中にいるアスムとの愛の結晶とともに——。
「……セーファ」
膝から崩れ落ちながら、頭の片隅でアスムは思った。
ああ、妻の願いは、成就しなかった。
僕の願いも、もう決して叶うことはない——。

「うわあああぁぁぁ！」

突然、激情がアスムを襲った。

悲嘆、激怒、哀願《あいがん》、悔恨。あらゆる種類の想いが止まることなく全身を駆け巡りながら、やがて涙や鼻水や呻きと混ざり、とめどなく漏れ出していく。

「セーファ……セーファ……」

動かない身体を強く抱き、冷たい唇に口づけながら、魂の宿らない表情に少しでも微笑みを取り戻すため、何度も彼女の名を呼ぶ。

これが夢であってくれたならと思う。まだ間に合うかもしれないと一縷《いちる》の望みを託す。けれど、あり得ない妄想はむしろ絶望を呼んだ。死んだ者が生き返ることは、決してあり得ないのだ。

噛み締める奥歯が軋む。その冴《さ》えた痛みが、これが現実だとアスムをまた嘲笑《あざわら》う。

アスムは嗚咽《おえつ》した。セーファの亡骸を抱き締めながら――。

――ふと。

か、か、
カランと大きな音がして、何かが落ちた。

淡い光の中でも存在感を持つプラチナの、その精緻な彫刻が美しく煌めく。

ブレスレットだった。

セーファの手首にあったものが、外れたのだ。

アスムは震える指先でそれを拾い上げると、無意識に自分の手首に嵌めた。

アスムは気付いた。美しく瞬くブレスレットの、意外なほどの重さに。

同時に理解した。カレッジに忍び込む危険を冒してもなおセーファが欲しがったのは、まさしくこの重みなのだと。この重みこそが、アスムの愛の重さを証明するものでもあったのだと。

なのに——。

「だからって、なんでこんなことに……」

ブレスレットから伝わる痛いほどの冷たさに、セーファの温度を思い知る。

涙が止まることなく、ぼたぼたと落ちた。

おのれの血にも似たそれが、コンクリートの床にハイビスカスの花弁のような水溜まりを形作った。

そのとき——。

不意にアスムは、背後に気配を感じた。

*

「誰だッ！」

振り返る。

視線の先には、暗黒だけがある。

少し窓際から離れれば、光はもうほとんど届かない、闇の領域だ。

アスムの視界にも何も映らない。

だが――人間には触覚、聴覚、そして嗅覚がある。

産毛が感知する空気の振動。鼓膜が捉える荒い息遣い。顔をしかめたくなるほどの生臭さ。アスムの鋭敏な感覚は、確かに、そこに何かの存在を感じ取っている。

何なのか？　いや――誰なのか？

アスムには、すでにわかっていた。

あいつだ。

この島に不穏と混乱と死と悲劇をもたらした獣。

すなわち、人間と同じでありながら人間とは異なるもの。

「……フゥー」

粘液のような吐息が、どろりと零れる音がした。

今まで聞いたことがないほど重苦しく、嫌悪感に満ちた音だ。

身体中の毛が逆立った。しかし同時に、アスムの思考もまた、より鋭敏なものへと変化する。

ああ、こいつが皆を、セーファを殺したのか！

不意に、アスムの激情が、ナイフのように尖った。

何よりも大事だったセーファを、こいつは汚した。

一方的に、独善的に、無慈悲に、かつ無残なやり方で弄び、暴行し、辱め、蹂躙した。

挙句、命を奪った。

殺したのだ。

僕は許さない。こいつを――セジを、絶対に許さない！

すべての感情が憎しみに変わった。

正常な心にはとても蓄えていられないほどの熱を持ったそれらを、シュイム学長から引き継いだ使命感で束《たば》ねると、アスムは、セジを睨みつけながら言った。

「……殺してやる」

そうだ――セーファのために、犠牲になった皆のために、そして珊瑚礁の島と人類の平和と秩序のために――こいつを抹殺する。

セーファの身体を、繊細な絹織物を扱うように、優しく床に横たえる。

彼女の細い手をそっと胸に置き、半分だけ開いていた瞼を、掌で閉じてやる。

それから、おもむろに立ち上がると、振り返った。

「……来いよ」

アスムは、禍々しさに向けて、挑発するように顎を上げた。

＊

あのとき――。
シュイム学長は、映像チップの中からアスムに明かした。

学長が自ら人々を殺していたという事実と、もしそれが本当ならば、この世界はまだ半分しか見えていないという真実を。

このときシュイム学長は、アスムにひとつ大事なヒントを与えてくれた。

それは、セジ《こいつ》の倒し方。

「ぐッ！」

突如、信じられないほどの素早さで、闇の中から巨大な毛の塊が飛び出してきた。

対峙していたアスムは、ほぼ勘だけでそれを避けた。かわした半身のすぐ一センチ先の空間を、セジの指先が切り裂く乾いた音が通り抜ける。

戦慄しながらも、体勢を立て直し、アスムは再び正対する。

体中の毛穴が開き、冷たい汗が噴き出た。

避けた刹那《せつな》に見た、あのサボテンの葉肉のような掌。筋肉がこぶのように浮き出た腕。そして丸太のような足――こんなものを持つ獣を、僕は本当に葬ることができるのか？

心が萎《な》える。

だが、そんなアスムの脳裏に、またシュイム学長の声が蘇る。

――セジは、哺乳類だ。

再び、思い出す。そう、こいつもアスムと同じ哺乳類だ。本能がもたらす欲望には限りがないが、だからこそその瞬間には必ず動きを止める。

無防備になる。

そういうふうにできているからだ。

倒すならば、その隙を狙うしかないが――できるか？

自問に、アスムは即答した。

できる！　やるしかないのだ！　だって、それしかないのだから！

腹の底にありったけの力を込め、セジを再び睨みつける。

「……フゥ、フゥ」

セジは、荒い息遣いで肩を上下させていた。

ふと、その顔を月明りが照らす。

アスムは思わず顔を顰めた。

――なんて醜い！

分厚い唇に、低く横に広がった鼻。分厚い瞼は片方が傷つき、もう片方も満足には開かれていない。何よりも、顔中をびっしりと覆う焦茶色の体毛が、無造作に波打っている。

なんという姿かたちだ。

アスムの知る人々が持つ優美さに比べればあまりにも醜悪で、正視に耐えない。

だからアスムは、自らに問う。

本気か？　お前は本当に、こんなものに自らを差し出すのか？

「嫌だ！　それだけは！」

アスムは叫んだ。

それはあくまでも最後の手段だ。自分を犠牲にするなんて、考えたくもない！

今は、やれるだけのことをやってみる。それしかない。

そう決めた瞬間、セジの姿が消えた。

「えっ？」

「フゥ……」

「うわッ！」

背後から生臭い息が吹きかけられ、慌てて飛《と》び退《の》いた。

背筋がゾッとし、思わず身体が固まる。

その隙を逃すまいと、次々とセジの手が伸びる。

「やめろ、やめろッ！　くそッ！」

後ろに下がりながら、アスムはその手をぎりぎりのところで避けた。

しかし奴の腕は、その逃げる先に回り込むように襲い掛かる——まるで、アスムのことをからかうように。

「ふざけるなッ！」

かっとなったアスムは、力任せにその腕を上から殴りつけた。

「グゥ！」

セジが初めて、苦悶するような声を上げた。

やったか？　そう思ったのも束《つか》の間《ま》、もう一本の腕が、それまでとは異なる本気の素早さでアスムの首めがけて伸びた。

「うわッ……」

避ける間はなかった。アスムの首はあっさりと、鷲掴《わしづか》みにされた。

強大な握力で締め付けられ、アスムはそれきり動くことができない。

「やめろ、離せッ！」

もがきながら、何度もセジの指を殴りつける。だが、太いワイヤーロープほどもあるそれはびくともせず、むしろアスムの身体を易々と、自らへと引き寄せる。

「離せ！　離せってば、この野郎！」

激しくもがき、抵抗した。だが、セジはまったく動じない。

やがて、セジの巨大な頭が視界を塞ぐ。

背けた顔のすぐ前で、セジがうっすらと口を開いた。

不揃《ふぞろ》いの歯の間で、涎《よだれ》が糸を引いている。その汚なさに、思わず顔を背ける。

それでもなおアスムの首は、セジの力でがっちりと固定され、身動きが取れないまま、やがてアスムは仰向けに組み伏された。

「クソッ……」

だめだ――もう、諦めるしかない。

初めから、セジに抗うことには無理があった。身体の大きさや、物理的な力の差を埋めることはできなかったのだ。

ああ、わかっていたとも。もしそれでも倒そうとするならば、力以外のものが要ると。

ほんの少しの知恵。そして、精いっぱいの覚悟が必要なのだと。

今や、必要なのはそれだけだ。

だから、再び己を鼓舞する。思い出せアスム、今僕が何をしなければならないのかを。

セジを抹殺するんだろ？　セーファのために、犠牲になった皆のために、そして、珊瑚礁の島と人類の平和と秩序のために、この獣を葬るんだろ？

だったら、腹を決めろ！　もう僕自身のことなどどうでもいいのだと。

「……いいよ、やれよ」

頭上のセジに向かって、吐《は》き捨《す》てるようにそう言うと、アスムは目を瞑《つぶ》った。

身体の力を抜いた。目の前の醜い獣に、すべてを差し出すために。

だが――。

そのとき、セジが何かを呟いた。

「ヤ……イドゥ……ドモイ……」

それは――呪文《じゅもん》を思わせる、深い響き。

野生の呻きではない、知性を持つ者が神へ祈りを捧げているような――言葉？

これは、一体？

「ぐあッ！」

訝った瞬間、生半可な思考を芯《しん》から吹き飛ばすほどの不快感が、アスムの身体を突き抜けた。

＊

アスムはひたすら、耐え続けた。

愛しいセーファの仇であるセジに、あえて自らを蹂躙させる。覚悟していてさえ、その不愉快さは筆舌に尽くしがたかった。アスムは心を閉ざしたまま、何も見まい、何も聞くまい、何も感じまいと自らに言い聞かせた。

セジの行為は、想像どおり乱暴を極めた。

喉だけでなく、腕や足を容赦なく押さえつけられた。骨が折れるかと思うほどの力に圧迫され、何度失神しかけたかわからない。衣服は引き裂かれ、皮膚が引き攣れる痛みに悲鳴が漏れる。身体のあちこちを強く打ちつけられ、擦り傷を負っているのも、よくわかった。

それでもアスムは、眉間を寄せ、ひたすら耐えた。

セジはアスムを暴行している。彼の尊厳を踏みにじっている。この辱めがアスムの心に深い傷を負わせ、トラウマとして残ることは避けられないだろう。

だが同時に、理解もしていた。それでもセジには殺意があるわけじゃないと。

もちろん、人によってはこれが致命的なダメージとなる。セーファは華奢で、しかも子供を宿していた。ヤブサト助教授も体格はセーファと似ていたし、クボも身体つきこそ筋肉質だが小柄だった。彼らはセジと対峙するには釣り合わなかったのだ。

しかし、アスムは違う。

アスムの身体は大きく、屈強だ。セジと対峙しても、耐えることができる。アマミクもそうであったように。

だからこそ問題は、その後なのだ。

耐えきった後にこそ、チャンスはある。それを待つんだ。だが――。

「ぐッ！」

忍耐を嘲笑うように、激痛が何度もアスムを襲った。

かつてないその痛みに、アスムはそのたび、仰け反った。

思わずコンクリートの床を搔《か》き毟《むし》る。身体を動かせないまま、痛みだけがアスムの背中に響く。口の中に鉄の味が広がって初めて、自分が強く下唇を嚙んでいたことに気づいた。

「ナポ……ニ……メンヤ……」

呪いの詠唱を思わせる気持ちの悪い声とともに、セジの吐息が降りかかる。一体こいつは何を、唱えているのだろう――そう訝る間もなく、開いた口に覗く犬歯から涎が滴り、頰にぽたりと落ちた。

アスムは激しい怒りに打ち震えた。

なぜだ？　なぜこんな獣に僕は汚されなきゃいけないんだ？

理不尽と憎悪が腹の底から湧き上がる。あの赤黒い舌を引っこ抜いてやりたいと渇望する。だが今は、それをしても腕を折られるか、指を嚙み切られるだけだ。そもそも両腕をこうも押さえつけられてしまったら、アスムにはもう何もできやしない。

この世に、こんな悔しいことがあるか？　涙が溢れた。

だが――耐えろ。

耐えた後に必ず、その瞬間は訪れる。

痛みが鈍痛に変わり、なおも断続的に襲い掛かる。感じる熱から、身体の中から血が流れ出していることがわかる。アスムは焦りを覚えた。このままでは出血多量で死んでしまうかもしれない――しかし、幸いなことにその痛みは徐々に和らいでいた。痛覚神経が麻痺《まひ》したのだろうか、それとも痛みに慣れてしまったか。理由はわからない。だが、望むところだ。痛みに鈍麻すれば、それだけ意識は鋭くなる。反撃が成功する確率も高まる。

セジはなおも、アスムへの拷問を続けた。

百年分の苦痛を数分に味わわされる屈辱。

アスムはひたすら耐え続けた。だが――。

――なんだ、これは？

不意に、アスムは困惑した。唐突に、彼が予想もしなかった違和感が背筋を駆け上がっていったからだ。

まるで、神経を直接舐《ねぶ》られているような異様な感覚――まさか、脊髄を損傷したのか？

アスムは戦慄した。まずい、早く決着をつけなければ！

そのとき、セジが遠吠えのような大声を上げた。

「ウォゥ！」

喉から絞り出される轟音とともに、アスムの身体を激しい衝撃が突き上げた。

それはまさしく、電撃だった。

喉の奥から声が漏れる。意識が掻き消えそうになり、慌ててアスムは自らを叱咤する。

――耐えろ、耐えるんだアスム。チャンスはもうすぐだ！

歯軋《はぎし》りとともに、セジを睨みつける。

そして、真っ向から敵意をぶつけた、その瞬間――。

ふと、セジと視線が合った。

セーファが潰さなかった片方の目。その開かれた奥に、あの瞳が見えた。

アスムは思わず息を飲み、そして――。

思いがけず、魅入った。

分厚い瞼が広げられた奥の、黒い円《つぶ》らな瞳。美しい虹彩《こうさい》に星がきらきらと輝き、まるでひとつの宇宙が存在しているように、今もなお色を変え続けている。

ああ、これは――あれからひと時も忘れることなく思い煩い続けた、不思議な色だ――。

アスムの時間が、止まった。

セジが囁くように言った。

「……ボーグ」

意味などわかりもしない言葉。しかしアスムは一瞬、こう思った。

なんて、純真なんだろう――。

直後、アスムは狼狽し、愕然とした。

――今、僕は何を思った？

純真？　まさか！　こいつは殺人鬼だ。僕の愛する人と世界を山ほど奪った仇だ。憎くて憎くてたまらない敵だ。なのに、なぜ――。

この美しく禍々しい瞳こそが、自分の求めるものだと思ってしまった？

「ウォォ！」

セジがのけぞり、何かに祈るような雄叫《おたけ》びを上げた。

アスムは乱暴に身体を持ち上げられ、しかしすぐに硬い床に叩きつけられる。

頭の中を数多の星が飛び交った。悶絶しながらも、しかしアスムは気づいた。

セジが、痙攣している。

身体にも力が入っていない。弛緩《しかん》している。つまり――。

忘我だ！

今しかない。そう思うや否や、アスムは、セジの手を振りほどき、身体を引きはがす。

そして、足の裏に憎悪と、一抹の悲しみと、渾身《こんしん》の力を込めて――急所《そこ》を蹴《け》り上げた。

＊

「ガァッ！」

呻き声のような音を喉から発し、セジが膝を突いた。

苦悶に耐えているのか、醜い表情がさらに醜悪に歪んでいる。

歯を食いしばり、唇から鋭い歯が覗いている。

自由になったアスムは、ようやくセジから少し離れた。身体中が痛みに悲鳴を上げていた。数え切れないほどの打撲と切創があるのだろう。身体から流れ出し、ポタポタと地面に垂れている熱いものは、きっとおのれの血だ。

満身創痍だ。でも構うことはない。それでもまだ僕は生きている。

「グォ……ゥ……」

苦し気にセジが唸る。アスムの一撃が、セジに確実なダメージを与えた証拠だ。

しかしまだ終わっていない。セジは死んでいないのだ。アスムは、両手を組んで大きな拳を作ると、それをセジの後頭部めがけて振り下ろした。

「ガッ！」

セジが、衝撃とともに涎をまき散らす。

アスムは構わず、何度もそこに拳を振り下ろした。硬い岩を殴っているような感触に、アスムの手は壊れそうだった。

それでも、構わず何度も何度も繰り返し殴りつける。

セジの頭が少しずつ下がっていく。ダメージが蓄積しているのだろう。

だがまだ致命傷にはなっていない。

セジは呻きながら、やがて右手を床に突くと、アスムを見上げた。

顔を赤々とした血で染めたその表情は——純粋な、憤怒《ふんぬ》。

「ネプロス……ティ、テルノ」

「ひっ！」

ドスの利いた声色に思わず怯み、上半身を引いてしまう。

その隙を逃さず、アスムを押し倒すようにセジが襲い掛かった。

アスムはあっという間に、再び仰向けに、床に叩きつけられる。

「ぐあッ……！」

衝撃。痛みに呻く間もなく、視界が真っ白になる。

一瞬、何が起こったのかわからなかった。ただ耳の奥で低い鐘のような音が響いていた。口の端から何かが垂れて、血の味が口いっぱいに広がったとき、脳がようやく状況を把握した。

——殴られたのか！

アスムは本能的に恐怖した。

これまでの人生で一度もぶつけられることがなかった純粋な暴力。今しがたの暴行すら生易しいと思えるほどの圧倒的な力を前にしては、アスムの存在などあってないようなものだと、初めて思い知らされた気がした。

セジがまた、ヤシの実ほどもある拳を振り上げる。

アスムたちの手が何かを作り上げるためにあるのなら、それは、何かを壊すためだけにある破壊の拳。

瞬時に、悟った。

僕は、殺される。

顔が引き攣り、身体が震えた。竦んだ身体の内側で心臓が早鐘を打ち、涙とも鼻水とも言えない何かが顔面を流れ落ちた。アスムはそのとき、ただひたすら怯えていた――頭上から爛々《らんらん》と光るあの瞳に、見下ろされながら。

ああ、ここまでか。

死を覚悟したそのとき――ふと、セジが動きを止めた。

そして、拳をなぜか、ゆっくりと下ろす。

剝いていた牙が、分厚い唇の奥に戻る。

「…………」

セジは無言のまま、なおもアスムを見下ろし続けていた。

アスムは一瞬、戸惑った。そこに憎悪や暴力とは異なる何かを感じたからだ。

その正体が何かはわからない。だが、何らかの理由で、セジは自らの暴力を自分で止めたのだ。

そして――このことが再び、アスムの闘志に火を点《つ》けた。

こいつは攻撃の手を止めた。

こいつは圧倒的存在じゃない。

だとしたら、倒せる！

そう思うや、アスムは手首に嵌めていたブレスレットを素早く外すと、拳に持ち替え、その角でセジの眉間を力一杯殴りつけた。

「ガッ！」

再びセジが吠えた。今度は涎とともに鮮血が飛び散った。

その血を全身に浴びながら、アスムは身体を起こすと、同じ場所を再び、何度も、ブレスレットで殴った。渾身の力を込め、深く抉り、捻じ込むように、何度も。

「ガッ、ゴウッ……ボグ……」

セジはそのたびに、喉の奥で呻いた。

反撃を試みようとしているのか、両手を前に突き出す。だが、血で視界を遮られたためか、その拳は虚しく空を切る。その間にも、アスムは傷口を狙った。

執拗《しつよう》に、繰り返し、何度も、何度も。

セジがだらんと、力なく両手を下げる。

それでもアスムは、傷口にブレスレットを叩きつける。プラチナの輝きが赤い血に染まる。精細な彫刻の隙間が肉と毛で埋まる。それでも未だ潰れない金属の角は、やがて、セジの骨へと届いた。

何かが砕ける感触。

それは不気味というより、むしろ爽快《そうかい》に感じられた。

毛と肉の隙間から、血が噴水のように噴き出した。破砕された骨の欠片《かけら》が、浜辺の砂粒のように顔に当たった。それでもアスムは構うことなく、むしろセジの頭髪を左手で摑むと、右手でその場所だけを穿ち続けた。

何度も、何度も、何度も――。

不意に、左手に重さを感じた。

「うわッ」

セジの身体から、力が抜けたのだ。

アスムは慌ててセジの頭部を引っ張り上げた。

その瞬間、セジが目を見開き、アスムを見た。

瞳が、アスムを見つめた。

思わず――手が止まった。

そこに、今まで見たことのない純真な色彩が浮かんでいたからだ。

永遠のような数瞬。息をするのも忘れたアスムは、やがて――気づいた。

ああ、そうだ。

僕は、この輝きの意味を知っている。

生まれてから一度も見たことはない。それでも、僕の本能が熟知している。

これは、無垢なる者への憐みと、慈しみだ。だからこそ僕は、この瞳を求めたのだと。

ようやく、わかった。自覚できた。

あらゆる原動力は、僕の内にあったのだ。

でも——それでも——。

すべては遅すぎた。

アスムは歯を食いしばりながら、まとわりつく躊躇いを理性で振りほどくと、最後の一撃を、その瞳めがけて打ち付けた。

赤い閃光《せんこう》が、迸《ほとばし》った。

放射線状に広がる血飛沫《ちしぶき》が、放物線を描いた。

七色の瞳が醜い瞼の奥に消えた。

そのままセジは、海鼠《なまこ》のような舌を唇からだらんと垂らしたまま、後ろに倒れた。

セジの巨体が、後頭部から地響きとともに落ちていく。

肩で息をしながらアスムは、大の字に横たわるセジを睨み下ろす。

天を仰ぐセジ。しかし、その身体はもう動かない。

激しく躍動していた分厚い胸も、もはやぴくりとも動かない。

爪先《つまさき》で突いてみても、反応はない。

そうやって数分、アスムはじっとセジを見下ろしていた。だが——。

——カラン。

何かが落ちる音。

アスムの手から滑り落ちたのは、赤銀に色を変えたブレスレットだった。

アスムとセーファ、二人の愛の証であるそれが、闇の奥へと静かに転がっていくのを見ながら、アスムはゆっくりと膝を突く。

そして、血で真っ赤に染まった両手を見ながら、呟いた。

「……やったよ、セーファ」

その声色は、自分でも驚くほど弱々しく、痛々しかった。

＊

遂に、セジを葬った。

愛する人を殺した憎い相手を、尊敬する人の言葉に従い斃《たお》した。

その証明となる死体が、今まさに眼前に転がっている。腐敗するのを待ちながら――。

アスムは思った――僕は、僕に与えられた役目を立派に果たしたのだと。

にもかかわらず、アスムは今、酷く狼狽していた。

こんなことをして、一体何になったというのか？

憎いから殺す。敵だから殺す。いないほうがいいから殺す。こんなやり方は、本当に正しいと言えるのか？

たとえ理由があったとしても、命を奪い去る行為は、ただの破壊だ。こんな行為のどこに、正義があるというのか？

確かに、愛する人を奪われた僕の怒りは正しいものだろう。

けれど僕は、人間として、正しいことをしたといえるのか。

——わからなかった。

血塗れの手で、血と涙に塗れた顔を拭いながら、アスムはただただ、泣いた。

セーファとセジの亡骸に挟まれ、血を流し、身体中の痛みに呻きながら、どうしたらいいかわからず、アスムはいつまでも子供のように声を上げて泣き続けた。

なあ、教えてくれよ、セーファ。僕がしたことが、本当に正しかったのかどうか——。

それから、どれくらい時間が経っただろうか。

呆然と座り込んだままのアスムは、ふと、背後に気配を感じ、振り返る。

暗がりの中に誰かがいた。

「……どうして？」

誰かが、上ずった震え声で言った。

聞いたことがある声だ——アスムは静かに立ち上がり、再び身構える。

瞬間、その人の身体を、月明りの淡い光が照らした。

バオバブの木を思わせるシルエットと、長い影。

アスムは、絶望にも似た呟きを、心の中で漏らした。

ああ——僕はこの人を、よく知っている。

「どうして、殺してしまったの？」

再び、その人が問うた。

小鳥がさえずるような、可愛らしく、若々しく、それでいて怨嗟《えんさ》に満ちた声色――。

そうか、そういうことだったのか。

アスムはすでに、すべてを理解した。

この人も、知っているのだ。

知っていて、だからこそ、こうせざるを得なかったのだ。

奴が、自分たちの半身だとわかっていたから――。

アスムは、頬に滴る鉄臭い涙を手で拭う。

セジとアスムの血と混ざりあったそれが、手の甲に刺青《いれずみ》のようなマーブル模様を作る。不吉で、不気味で、禍々しく、けれど自然に生まれたその形に、アスムは不思議と安堵しながら、前を見据えた。

もう、涙は出なかった。

アスムは、その人に向かって言った。

「あなたがセジをかくまっていたんですね。マダム教授」

X

　マダム教授は一瞬、肩を震わせた。

　いつもと同じ大きな身体。いつもと同じ丸い顔と、その鼻に載った眼鏡の向こうで知性的に輝く、いつもと同じ金色の瞳。しかし、その眼差しはいつもと同じではなく、憎悪とともにアスムをねめつける。

「説明しなさい。どうして殺したの」

　マダム教授が、語尾に怒りを含ませる。いつもの愛嬌も、優しさも、ここにはない。

　だが仕方ない。この人ももう変わってしまったのだ。今のアスムと同じように。

「そうしなければならなかったからです」

「何を言っているの？　殺す必要なんてどこにもなかったでしょう？」

　答えるアスムに、マダム教授は咎めるような口調で返した。

「この子が求めていたのは、あなたの命じゃないのよ？　それをなぜ殺したの？　そもそも、あなただって耐えられたのでしょう？」

「耐えられた？　ああ……確かに耐えられました。でも耐えられない者もいた！」

思わず、言葉に激情が滲み出た。

確かに大柄な僕や、あなたや、アマミクならば耐えられる。でも、身体が小さな者には無理だった。だからヤブサト助教授も、トムイも、クボも――セーファも死んでしまったのじゃないのか！

「だからって、殺すことはなかった！」

マダム教授もまた、遠慮のない感情をぶつけてきた。

「この子を密かに養うために、私がどれだけ苦労をしたと思っているの？」

「苦労？　アマミクを犠牲にしておいて、何が苦労だ！」

「何を言っているの？　彼女は自分で選択したのよ。彼女もヤブサトの仇を討つつもりだった。でもこの子の真実を知ってしまえばもう元には戻れない。本能に従って求めるこの子を、私と二人で満足させることに同意したのも、命が尽きるまでこの子に自分自身を差し出すと決めたのも、他でもない彼女自身なのよ？」

「…………」

マダム教授は、忌々しげに顔を歪めながら続けた。

「兄もそう。自分の研究のためにこの子をこの島に引き入れたのは他でもない兄よ。リスクだってわかっていたはずだわ。でも、いざ問題になればあっさり処分しようとした。馬鹿馬鹿しいわ。兄にはこの子がどれだけ稀有《けう》で、貴重で、守るべき存在なのか、わかっているようで、何もわかっていなかったんだから」

「違います。シュイム学長は、僕たちの秩序のために命を懸けたんです」

「秩序？　違うわ。これは隷属よ」

ハン、と嘲笑うように、マダム教授は口角を曲げた。

「自分で外した首輪を、また着ける者がどこにいるの？　知の探究者としても愚の骨頂だわ」

「詭弁《きべん》です！　あなたはこいつが欲しいから言い訳しているんだ。あなたはただ、自分のためにこいつを飼っていたんでしょう？　自分の快楽のために！」

「快楽ですって？　そうね、それは否定しないわ。確かにこの子は私に女としての悦《よろこ》びをくれる。けれど、それ以上のものも私にくれるのよ。人間としての歓《よろこ》びをね」

「同じことだ！　結局あなたはこいつを利用し、結果的に人々に死をもたらした。あなたは自分のために、人々を殺したんだ！」

「私のためじゃない。この子のためよ！」

食い下がるアスムに、マダム教授は声を荒らげた。

「あなたは一度でもこの子の視点で物を考えたことがあるの？　幸せに暮らしていた故郷から、何もかも満たされない土地にひとり連れてこられたのよ？　しかも、たったひとりの異邦人として……そのことがどんなに惨《みじ》めで、哀れなことだかわかる？　それを償うために、私は自分を差し出しただけ。それに比べれば快楽なんて些末《さまつ》なことだわ」

「でも……」

「そもそも私たちには、もっとも大事な真実が隠され続けてきたのよ？　憤ることがあっても、なぜそれを忌避するの？　そのほうがはるかに愚かだとは思わないの？」

「………」

アスムは、言葉に詰まった。

そう、マダム教授の言うことは正しい。

まったく、忌々しいほどに正しいのだ。

この正論に、アスムは異議を唱えられない。シュイム学長や、セーファのことがあってさえ、これ以上は何も継ぐべき言葉が浮かばない――。

沈黙するアスムを横目に、マダム教授はセジの亡骸へと歩を進めた。

そして、横たわるセジの傍にしゃがみ込むと、血で固まった髪の毛を梳《と》かすように、優しく撫でた。

「ああ、可哀《かわい》そうに。こんな惨い目に遭うなんて……」

マダム教授は、はらはらと涙を流した。

その毛皮のような皮膚に、愛おしそうに頰を寄せると、悲しげに呟いた。

「どうして死んでしまったの。あなたが……あなただけが、本当の男だったのに……」

＊

『……過去、歴代の学長だけに伝えられた、隠された真実がある。それは、かつてこの世界には、男と女がいた、という事実だ』

ディスプレイの向こうでシュイム学長がそう言ったとき、アスムには一瞬、彼が何を言っているのかわからなかった。

この世界には男と女がいる？　当たり前じゃないか。そんなことは誰でも知っている。

しかしシュイム学長は、その本当の意味するところを、淡々と述べた。

『六百年前、「大災厄」により、人類に伝染病が蔓延《まんえん》した。多くの大地が不浄なものとなり、エネルギーと食糧が枯渇した。その結果、五十年で人口は数百万人にまで落ち込んだ。君たちはそう教わってきただろう。だが、このとき実際には何が起こっていたのか、本当は、正しく知らされていないのだ。そう……大災厄のきっかけとして起こった伝染病とは、実は、「男のみを死に至らしめる病」だったのだよ』

「男のみを……？」

独り言のように呟くアスムに、シュイム学長は続ける。

『人為的に作られたというこの伝染病は、男性のみが持つ器官に自己免疫疾患を引き起こすもので、ある勢力が、敵対勢力の力を削《そ》ぐために開発したと言われている。誤算だったのは、この病には想定以上の感染力が備わっていたことだった。そのせいで、この病は、敵対勢力のみならず、瞬《また》く間《た ま》に世界中に広がってしまった。その結果、男性が……つまり人類の半数が、あっという間に死滅してしまったのだ』

アスムは思い出す——大災厄におけるこの伝染病で、人類は僅か五年で人口が半減した事実を。

『すぐに、極端な労働力不足が起こった。操作不能となった工場や発電所から汚染物質が漏出し、大陸と大都市はすべて人が住めない廃墟となってしまった。女性のみとなった人類はかろうじて、大陸から離れた赤道付近の島々へと逃げ延びたが、すぐエネルギーと食糧の問題に直面することになった。一時は、人類はこのまま滅びへの一途を辿るかと思われた。だが……人類はしぶとかった。島と島の間に当時も構築されていたネットワークを使い、人々は少しずつ相互共助のコミュニティを作り上げていったのだ。ネットワークを介して食糧の自給とその配分を公平に行いつつ、潮汐や海流の活用により、最低限のエネルギーを確保することに成功した。瀬戸際にあった人類は、ネットワークと共助の力でどうにか破滅を食い止めたのだ。……もうわかっていると思うが、このネットワークはその後、集合知のプラットフォームとなるとともに、公平配分を行うためのツールとなった。そう、現在のカーネの原型だ』

アスムは今まで、こう教えられていた。立ちはだかる問題を乗り越え、大災厄を終結できたのは、カーネのお陰なのだと。

だが、それは違った。大災厄を乗り越えたのは、あくまでも人類だった。カーネはその手段となったに過ぎなかったのだ。

『その意味で、カーネは全知だが、全能ではない。今、私は珊瑚礁の島の人々に、「カーネの指示」という詭弁を使っているが、本当は、私がすべてを決めているのだ。必要に応じ他の島の長とも話をしながら……』

そう言うとシュイム学長は、長い溜息を吐いた。

その長さと深さは、すべてを決めてきた彼が背負ってきた責任の重圧を、そのまま表しているように思えた。

『話を大災厄時に戻そう。島に逃れた人類は、一応の破滅を食い止めた。だが、それで問題がすべて解決したわけではなかった。なぜなら、そのままではやはり人類の滅亡は不可避だったからだ』

そう、問題はまだ残っている。なぜなら、すでに男性がいないからだ。

『子孫をどうやって残していくのか。残された女性たちは、必死の研究を進めていった。研究は五十年に及び、人口は数十万人まで減少した。もはや絶滅寸前の状況で、しかし研究がようやくひとつの結果を生む。それが、女性同士の遺伝子を掛け合わせ、受精卵を作成する技術だ』

女性同士の遺伝子を掛け合わせる。

つまり――男がいなくとも、子供をつくることができる。

アスムははたと気づいた。それこそが、今なお行われていることなのだと。

『これにより、人類は絶滅を免れた。人々はバースセンターを立ち上げると、誕生時に遺伝子を保管すること、新たな受精卵を作成すること、そして人口が無秩序に増えていかないよう受精卵の子宮移植を許可することをカーネに管理させた。人口問題はこれで解決したかに思われた。だが、人々はひとつの疑問を抱いた。女性と女性の遺伝子からは女性しか生まれない。男性がいない状態は、我々にとって果たしてよいことなのだろうか？』

シュイム学長は、小さく息継ぎをした。

『過去の歴史が深く研究され、この疑問に答えが導かれた。それが「男性には生来、強い攻撃性が備わっており、人類が滅びかけたのもそれが原因のひとつとなっていた」という事実だった。この結論には強い説得力があった。資源を巡る大きな争いには確かに、権威的な男性指導者が関わっていることが多かったからだ。こうして、女性のみの社会を作ることに対する不安はなくなり、実際、彼らはそうしていった。もう生き残りの男性を探すことはせず、女性のみで生きていくことを決断したのだ』

アスムは言葉を失った。まさか過去、大災厄の直後、そんな出来事があったとは——。

だが、当然のごとく疑問が生まれる。以後、もし人類が女性のみとなったのなら——男であるこの僕は一体、何者なのか？

シュイム学長が、その疑問に答えた。

『女性だけとなった人類は、攻撃性もなく、一見して平和な理想郷を作り上げたように見えた。だがその裏で、新たな問題が顕在化していた。極度の精神的不安を抱える人々が増加の一途を辿っていたのだ。その理由はすぐに明らかになった。彼女たちの不安は、世界から男と女の関係性がなくなったことを原因としていた。心を寄せられる異性がいないという事実が、人々の心に過度のストレスを与えていたのだ。そこで人々は、ある解決方法を導入した。人々を二つの役割に分けたのだ。「男役の女性」と「女役の女性」に』

「男役の女性と、女役の女性……」

『男役と女役は、主に遺伝子の特性によって分別された。身体が大きい、あるいは先進的で競争を好む因子を持つ遺伝子は「男役」、小柄で線が細い、あるいは保守的で維持を好む因子を持つ遺伝子は「女役」とされた。その上で、それぞれに「女役を守るべきこと」「家庭を守るべきこと」という役割が与えられた。そう……まさに今、この世界における男と女のように』

「…………」

『そして、この事実はそれ以降、触れることが「禁忌」とされた。平和な世界を維持するためには、好奇心を刺激する余計な知識など要らないからだ。かくして、人類はようやく安定を手にすることができたのだ。本当の男の存在を人類史から抹消することによって……』

やっと、アスムは理解した。

そうか、僕は男ではない——男役の女だったのだ。

あまりの衝撃に、アスムはしばし言葉を失った。

しかし、唖然《あぜん》としながらも、さまざまなことが腑に落ちていた。

この世界では、男女による身形《みなり》の規定に差がある。男は短髪で身体に対してタイトな服装であること、女は長髪で身体を締め付けない服装であることとされているのだ。カーネによって決められたこの決まりごとは、そうしなければ身体の構造で男女が区別できないということの裏返しだ。

哺乳類学が聖域とされていたこともそうだ。哺乳類のような人類に近い種族を学べば、人類が本来の生殖方法を知る可能性が出てきてしまう。とりわけ知の探究を生業とする珊瑚礁の島においては、それを悟られないようにする必要がある。島に生息する哺乳類が極端に少ないのも、まったく意図的なものだったのだ。

事実、アスム自身も、これまで男と女は惹かれ合い、性的接触を図ることにより遺伝子交換が行われて女が子を孕《はら》むのだと、素朴に考えていた。だが、よく考えてみればこれはかなり苦しい解釈だ。性器が接触するだけで遺伝子交換が起こるとは考えづらいからだ。

もちろん、そういった生殖を営む種族もある。アスムはこれまで、生物学の講義を通じ、生物とは多様な生殖方法を持つものだと学んでいたし、だから自分たちの生殖もそういうものなのだと納得していた。けれど、やっぱり変な話なのだ。同じ身体構造を持つ二人が接触しているのに、なぜ女の側だけが妊娠するのか、明確な説明がなされていないのだから。

もっとも、今になってしまえばその理由すら簡単に説明できる。子供を作る許可が出ると、夫の遺伝子——誕生時に保存されたもの——と妻の卵子から作った受精卵を、健康診断時に妻の子宮に移植していただけのことだったのだ。大災厄の後も、この作業を粛々《しゅくしゅく》と行い続けているバースセンターにおいて。

いずれにせよ、子供とは自然にできるものではなかった。バースセンターが——つまりカーネが、意図的に作り出していたものだったのだ。

『……以来、この出生管理と性の選別は連綿と行われ、そして今の平和へとつながっている』

シュイム学長が、言葉を再び紡ぎ出す。

『前学長から託された映像チップからこの真実を知らされたとき、私は目の前が真っ暗になったような気がした。おそろしい真実もさることながら、私を導いてくれるはずの万能のカーネは端《はな》から存在せず、すべてを自ら決定していかなければならない、その責任の大きさにくらくらと眩暈がしたのだ。だが何より、自分の性というものが、よくわからなくなってしまった。女でありながら男の役割を与えられた私は、はたして男なのか？　それとも女なのか？　……だが、そのとき私ははたとこう思った。「そもそも本来の男とは、どのようなものだったのだろうか？」と。それは、知の探究者として当然のクエスチョンだった。このときからだ。私が「生物学的男性」について、密かに研究を始めるようになったのは』

シュイム学長は一度、悲しげに目を伏せた。

そのまなざしは、当時のことを思い出しながら、どこか後悔を含んでいるように、アスムには思えた。

『この研究は一向に進まなかった。当然のことだが、生物学的男性に関する記録はすべて失われていたからだ。すべてが過去に葬られ、もはや研究は不可能かと思われた。だが、そんなときヤブサト君が南極を探索したいと申し出た。私はピンときた。もし南極にカーネ以前から存続するコミュニティがあったとすれば、大災厄を逃れた生物学的男性の生き残りがいる可能性がある。私は即座に許可を出し、そしてほどなくしてこの直感が的中していたことを知った。ヤブサト君から大きな熊のような哺乳類を捕獲したとの報告があったのだ。それは、南極でコミュニティを作っていた彼らのうちの一頭であり、身体的、文化的特徴から「生物学的男性たる人類」であることは間違いないと思われた。私は有頂天になった！　この世界には、まだ男がいたのだ！　私たちはそれに「セジ」と名付け、珊瑚礁の島へと連れ帰ると、旧研究棟で密かに飼育を始めた。

好奇心で胸がときめいたよ。これで人類の真の姿が研究できるとね。だが……私は忘れるべきではなかったのだ。セジもまた、知能を持った人間なのだということを』

シュイム学長の表情が、憂いを帯びた。

『セジはいとも簡単に脱走し、そして事件が起こった。セジがヤブサト君に暴行を加え殺害したのだ。私は落胆した。セジとは、つまり男とは、それほどに暴力的な存在なのかと……だが、ヤブサト君の亡骸を分析した私は、その解釈を改めた。セジに殺意はなかった。彼はただ、性行為をしただけだったのだ。ただ、その行為の激しさゆえ、小柄なヤブサト君では耐えられず、あんな結果を招いてしまったのだ。だとすると、身体の大きな者であれば、セジとの性行為に耐えうるかもしれない。しかし私は、そう思うと同時に戦慄した。それは、女である珊瑚礁の島の人々が、男であるセジとの子を孕む可能性を示していたからだ。それだけはあってはならない。そうなれば珊瑚礁の島の……いや、六百年続いた人類の秩序が乱される。そう考えたからこそ、私は……』

シュイム学長が、語尾を濁した。

だがアスムには、その隠された言葉がありありと聞こえていた。

だから、私は――セジと性行為をした者にとどめを刺していたのだ、と。

『……セジを倒すのは、容易ではないことだ』

シュイム学長は、険しい顔で言った。

『強靭《きょうじん》かつ凶暴な「男」を、我々「女」が倒すのは容易ではない。だが、他の生物の多くがそうであるように、セジにも隙が生まれる瞬間がある。性行為の最中だ。セジに忘我の瞬間が訪れたときこそ、セジを倒すことができるはずだ』

シュイム学長は、力を込めてそう言った。

一方のアスムは、戸惑っていた。確かに、セジを倒すにはそうするしかないのだろう。だが、そのためにはアスムが、奴の性的快楽のために自らの身体を差し出すという大きな犠牲を払わなければならない。

そんなことが、できるのか?

ふと、アスムの脳裏に、かつてシュイム学長が述べた言葉が浮かんだ。

――耐えられないからだよ。君でなければ。

確かに、珊瑚礁の島に住む人間が巨躯を誇るセジと性行為をすれば、その激しさに耐えられずに命を落としてしまうに違いない。例外があるとすれば、それは背が高く、体格のよい者に限られるだろう。そう――アスムのような者に。

だからこそシュイム学長は、アスムにこの仕事を引き継いだのだ。アスムでなければ、セジ抹殺を完遂することはできないから。

そして、今――。

シュイム学長の目論見《もくろみ》は的中した。

彼の遺志は達成された。

アスムは自らの身体を犠牲にして、セジを倒したのだ。

だが――危機はまだ、終わっていない。

「……アスム、あなたを許さない」

もはや僅かの力も残っていないアスムの前に、マダム教授が立ち塞がった。

＊

マダム教授の顔つきは、憤怒そのものだった。

目は吊《つ》り上《あ》がり、瞳も赤い怒気に彩られている。

マダム教授は不穏な一歩を、前に踏み出した。

「絶対に許さない。あんなにも素晴らしい人としての悦びを私にくれたこの子を、殺してしまうなんて！」

そしてまた一歩、アスムへと近づく。

「あなたは、この子と同じ目に遭うの。そして、自分がしたことの報《むく》いを受けなさい」

冷酷な口調。彼女の手に鈍色の何かが見えた。

霞《かす》む視界にもすぐにわかった。それがナイフの刀身だと。

マダム教授は、あれで僕を殺そうとしている。

そう感じ取りながらも、アスムはもう抗うことができなかった。

全身を覆い尽くす疲労と苦痛に、もはや指を動かすことすらままならなかったのだ。

それだけではない。アスムにはもう理解できていた。

彼女はすでに、セジを必要な存在として認識してしまっているのだと。

生物学的男性は、生物学的女性との間に対称性を持つ。

同時に、無垢の存在は、生物学的女性にとって庇護の対象でもある。

つまり——セジを知ったマダム教授は、目覚めたのだ。生物学的女性として。

そして、目覚めたからこそわかってしまったのだ。

その存在には、否が応でも慈悲の手を差し伸べてしまうものなのだと。

——マダム教授が、ひたひたとアスムに近づいてくる。

目覚めは、とめどない渇望を誘引する。それを失ったときの痛みは測り知れないものとなる。

それを埋められるものは怒りと、その代償行為としての報復だ。まさしく、セーファを失ったアスムが怒りに打ち震え我を忘れたように。

だから、もはや観念するしかなかった。

マダム教授の怒りがアスムに向けられるのは当然のこと。アスムが報復したように、アスムもまた報復されるのだ。

彼は長く大きな息を吐くと、諦念《ていねん》とともに目を閉じた。

そして——ふと気づいた。

やはり、六百年前の判断は正しかったのだ。

それがあるから闘争が起こる。ならばなくしてしまえばいい。実に簡単な解決方法だったのだ。事実、世の中から男がいなくなったことで、世界は平和になった。何百年もの闘争が嘘のように、女は、女だけでこの世界を繋いでいくことができたのだ。

今、男というものを探索し、再発見する女が現れるまでは――。

「アスム、覚悟なさい」

マダム教授が、何かを振り上げる気配がした。

アスムはぎゅっと目を閉じ、その瞬間を待った。

だが――。

「キャッ！」

マダム教授が、小さな悲鳴を上げた。

アスムは目を開く。すぐ眼前に、ナイフを振り上げるマダム教授がいた。

けれど彼女は下を向き、自分の足首を見つめていた。

視線の先に手があった。

それは、巨大なセジの指だった。毛むくじゃらなそれらが、マダム教授の右の足首をしっかりと掴んでいたのだ。

セジはまだ、生きていたのか！　アスムの背筋が総毛立つ。

だがマダム教授は、しばし丸眼鏡の奥の目を大きく開いた後、安堵するように微笑んだ。

「あなた、生きてたのね……」

慈愛に満ちた声色で呼び掛け、手を差し伸べた、そのとき――。

セジが思い切り、マダム教授の足首を引いた。

「ぎゃッ！」

濁った金切り声。バオバブの木を思わせるマダム教授の大きな身体が、一気に倒れた。

ダン！　と彼女が床に叩きつけられる大きな音が響く。

同時に「ぐッ」とマダム教授が苦しそうに呻いた。

その呻きが何によるものか、すぐにはわからなかった。だが、ややあってから、マダム教授の痙攣する手と胸の辺りを見て、アスムはようやく何が起こったのかを把握した。

マダム教授の胸に、ナイフが立っていた。

彼女は倒れるとき、身体を守るため咄嗟に手を引いた。その手に握られたナイフが、激しく転倒した衝撃で胸に突き刺さってしまったのだ。

「がァ……ぐッ……」

夥しい血が、傷口から噴き出していた。

マダム教授の声にならない声と身体の痙攣は、しばらく続いた。

徐々にその動きは小さくなり、やがて――ぴくりともしなくなった。

アスムは何もできないまま、その一部始終を見ていた。

見続ける以外に、なす術がなかったからだ。だから、それから何十分が経ち、何時間が経ち、マダム教授があまりにもあっけなく死んだということが理解できてもなお、アスムはただじっと、その悲惨な光景を見続けているしかなかったのだ。

マダム教授の足首を、セジの無骨な手が、今も強く握り締めていた。

セジは今度こそ息絶えた。彼もまたきっと最後の力を振り絞ったのだろうと、アスムは思った。セジは残った生命を絞り尽くすようにして、マダム教授の足元まで這い寄り、その足首を思い切り摑んだのだ。汚れきった顔に浮かぶ彼の表情は、あまりにも醜悪で、もはや死の瞬間、どのような感情を宿していたのか読み取ることはできなかった。

アスムはひたすら、考えていた。

セジはなぜ、マダム教授の足をいきなり引いたのだろう？

彼の面倒を見ていたマダム教授に対する愛情表現だろうか。それとも、アスムをマダム教授の凶刃から守るための行動だろうか。仮に後者だとして、なぜアスムを守ろうとしたのか。

その答えを知るセジはもう、この世にはいない。

だが、そんなことはもうアスムにはどうでもよくなっていた。

アスムはもう、すべてを知ることができたのだ。大切なものすべてと引き換えにして。

もう、考えることなどひとつもない。考えたくもない――。

数多の犠牲と、血塗れで横たわる男と女と、それらの結果が露わにする人類の業。

朝が来るまで、アスムはただひとり冷たい床の上にへたり込み、泣き顔とも笑い顔とも似つかない複雑な表情を浮かべながら、このむごたらしい真実と結末を苦い血の味とともに嚙み締め続けていた。

Epilogue　A.D.3001

目が覚める。

薄目に、カーテンの隙間から穏やかな日差しが差し込み、まっすぐな淡い帯を薄暗い空間に形作っているのが見える。

静かで、整理され、清潔で、そして誰もいない部屋――。

負担が掛からないよう、彼女はゆっくりと身体を起こす。

辺りを見回し、大きく息を吐く。

悲哀と苦悩に満ちた熱い溜息だ。

彼女は今日もまた思う。もし、これが夢であってくれたならと。

かつて、ここには彼女の愛する人がいた。その愛する人と一生を添い遂げると信じていた。子をなし、育てながら、生業を全《まっと》うし、幸せな一生を送るだろうことを、疑わなかった。

今はただ、虚《うつ》ろさだけがそこにある。

虚無が、また彼女の耳元で現実を嘲笑った。

これは夢じゃない。お前が選んだ現実なのだと。

＊

悪夢のような、あの夜――。

その後、彼女がどうやって助け出されたのかは、ほとんど記憶になかった。

彼女の名を呼ぶカラウカ助教授のおぼろげな姿だけが、微かに思い出される。きっと彼女は、カラウカ助教授たちによって救い出されたということなのだろう。

やがて、彼女を知る人々が、ひっきりなしに医務室を見舞った。

彼らは口々に「カレッジは再開している」「気を強く持って」「僕たちがついている」と彼女を優しく慰めた。言葉の端々《はしばし》から、彼女は、珊瑚礁の島の人々が「カレッジの研究動物が逃亡し、人々を襲っていたが、学長が我が身を犠牲にしてその動物を駆除し、平和が戻った」という認識を持っていることを知った。

「君も、学長に協力して戦ってくれたんだろう？　本当にありがとう」

ミントン助教授も、そう言って励ましてくれた。

彼女はただ、作り笑いだけを返した。

――やがてカラウカが、亡きシュイム学長の生前の指名により、助教授から教授を飛び越して学長に任ぜられたことと、彼女自身も助教授になったことを知った。

二十歳未満で助教授になるのは異例のことだよ。そう誰かが褒めてくれるのを聞きながら、彼女はひとり思っていた。

助教授になった。史上最年少だと、皆が讃《たた》える。

地位など、今の私には何の意味もないというのに。

半月ほどして、彼女は医務室から、我が家へと戻った。

身体の傷が完治したわけではなかった。切創は痕になっていたし、骨に罅《ひび》が入った腕が、青黒い痣とともにしくしくと痛んだ。けれど彼女は、一刻も早い帰還を希望した。早くひとりになりたかったから――。

家族用の家が、冷ややかに彼女を出迎えた。

伴侶の荷物は、すでに運び出されていた。

空になった半分を見つめながら、彼女はその虚空に向かって、呟くように言った。

「……カーネ」

『はい、なんでしょうか？』

カーネはすぐに応答した。彼女は間髪入れず訊いた。

「どこまで知っていたの」

『あなたの質問が理解できません』

「一部始終を見ていたのでしょう？　シュイム学長と、ヤブサト助教授の」

『あなたにはその質問に関するアクセス権限がありません』

「はぐらかさないで。もうすべて知っているんだよ。だからあなたも、知っていることをすべて説明して？」

『…………』

――カーネが、沈黙した。

人工知能であるカーネに逡巡というものはなく、この沈黙は、単に機械的計算に費やされた時間に過ぎない。しかしそれは、カーネが人間らしく言葉に問えたように感じられた。

数秒を置いて、カーネは答えた。

『あなたの質問が理解できません。あなたの今の状態は異常です。今すぐ、バースセンターの健康診断を受けることをお勧めします』

バースセンターに？　まさか、あんな場所、今行けば何をされるかわからない。

「嫌だと言ったら？」

『…………』

再び逡巡した後、カーネは言った。

『あなたの質問が理解できません』

「…………」

今度は、彼女が沈黙した。

馬鹿げたやり取りだ。カーネに縋って、何になるというのか。

いや、そもそもカーネに聞いたのが間違いだったのだ。彼女は万能ではない。ただ高度な集合知であるだけだ。知では答えられない質問を投げたところで、満足のいく答えが返ってくるはずがない。

人間の問題に、ただの機械《カーネ》が答えられるわけがないのだ。

そう思うと、妙におかしくなり、彼女は笑い始めた。

その笑いを抑えられないまま、やがて彼女は冷たい壁に向かうと、やり場のない怒りとともに、ひとり号泣した。

そして――十ヵ月が経過した。

＊

彼女はすでに、選択していた。

なぜその選択をしたのか。その理由は彼女にもわからなかった。そんなリスクを負う必要も、義務もない。実行に移す意味すらない。そもそも、これは嫌悪すべき現象であって、議論の余地もなく却下すべき選択なのだ。そのくらい、わかっていた。わかっていたはずなのに――。

それでも彼女は、選択してしまった。

「……もうすぐだよ」

彼女はそっと、自分の腹を撫でた。

丸く膨らんだ皮膚が、今にもはちきれそうになっている。

二ヵ月前から彼女は、体調不良と偽りカレッジを休んでいた。この腹が目立つようになっていたからだ。カラウカ学長は「わかりました」の一言で休暇を許可した。もしかしたら彼は、彼女の選択に薄々気付いていたのかもしれない。しかし、もはやそれを止める権利がないということは、学長という重責をこの世界の真実とともに引き継いだ彼が、一番よくわかっていたのだろう。

腹の内側で生命が揺り動く。

これまで感じたことのない、他者の激しい衝動だ。

本能的に彼女は悟る。遂にそのときがきたと。

彼女は、この日のために準備してきたことを、粛々と行動に移していく。

不安しかなかった。はたしてひとりでできるのか。ましてや命を落とすかもしれない。当然、怖気づく。それでも彼女は、ひとりでやりきらなければならなかった。彼女を助けてくれる者など、この島には存在しないのだから。

やがて、耐えがたい鈍痛が襲い掛かる。

そのたびに呻き、顔を歪めながらも、彼女は、用意したベッドに横たわると、その崇高な行為に向けて、覚悟を決めた。

あの日孕んだセジの子を、無事にこの世界に産み落とすために。

＊

——生まれてくるのは、男の子だろうか？　それとも女の子だろうか？

押し寄せる陣痛と、身体を引き裂かれそうな痛みの中、彼女は考える。

女の子ならば、問題はない。人類の秩序は乱されないからだ。バースセンターを介さない出産であっても、珊瑚礁の島の民として受け入れられることになるだろう。

だが、男の子だったら？

ふと彼女は、かつて生物学の授業で学んだ、珊瑚礁に住む魚たちのことを思い出す。

珊瑚礁に暮らす魚たちの多くは、雌性先熟という性質を持っている。若いころはメスだが、成熟するとオスへ性転換を行う。言わば、メスが自らオスになることで、その役割を担うのだ。

今にして思えば、この島に暮らす自分たちも同じだったのだ。女という役割、男という役割をそれぞれ与えられても、結局はメスしかいなかった。人類とカーネは、それは「平和のためだ」とした。一面、それは正しい。男が持つ暴力性と独善性が、人類を破滅へと追いやったのは事実だったのだから。

だが他面、彼女はこう思っていた。

私たちは人類だ。

思考する人間だ。

何を選ぶかも、自分で決めるべきだ、と。

だが、彼女の決定をありのままに認めてくれる場所は、どこにもない。

異質な存在である男など、今の人類が受容することは不可能なのだ。だから——。

もう一度、彼女は自問する。

——もしこの子が、男の子だったら？

自分たちはもはや、珊瑚礁の島にはいられない。

この楽園を捨て、南極の獣となるよりほかに道はない。

だから彼女は、最後の問いを自らに投げる。

——本当にこれで、よかったのか？

「あああぁぁぁ！」

気が遠くなるような痛みの中、新しい生命が、彼女の中心を食い破る。

その刹那、彼女は悟った。

——ああ、これで、よかったのだ。

あのとき、不思議な色の瞳は教えてくれた。

小さきものへの憐み。胎内に宿る分身への慈しみ。

そう、私は目覚めたのだ。今まで見たことのない純真な色彩——本能が知るあの輝きのお陰で。

逆らわなくていい。逆らう必要なんか、端からなかったのだ。

だって、これがありのままの人間なのだから。

ですよね？　マダム教授。

＊

大きな一息の後、楽園に新たな命の産声《うぶごえ》が上がる。

絶望と幸福。後悔と満足。安堵と不安――あらゆる種類の感情を孕んだ情熱のスープに揺蕩いながら、彼女は――アスムは、その元気な泣き声をいつまでも聞き続けていた。

本書は書き下ろしです。

周木 律（しゅうき りつ）
某国立大学工学部建築学科卒業。『眼球堂の殺人 ～The Book～』（講談社ノベルス、のち講談社文庫）で第47回メフィスト賞を受賞。デビュー作から始まった「堂」シリーズで人気を博した著者にとって、本作は新たな代表作となる。他の著書に『LOST失覚探偵（上中下）』、『ネメシスⅢ』（ともに講談社タイガ）などがある。

楽《らく》園《えん》のアダム

2021年9月1日　第一刷発行

著者　周《しゅう》木《き》 律《りつ》

発行者　鈴木章一

発行所　株式会社講談社
〒112-8001 東京都文京区音羽2-12-21
電話　出版　03-5395-3506
販売　03-5395-5817
業務　03-5395-3615

本文データ制作　講談社デジタル製作

印刷所　豊国印刷株式会社

製本所　株式会社国宝社

ISBN 978-4-06-524961-1
N.D.C.913 335p 19cm

KODANSHA